RENI DAMMRICH

NIGEL
–
ASCHENPUTTEL AUF VIER PFOTEN

Bibliografische Informationen der Deutschen Nationalbibliothek:
Die Deutsche Nationalbibliothek verzeichnet diese Publikation in der Deutschen Nationalbibliografie; detaillierte bibliografische Daten sind im Internet über http://dnb.d-nb.de abrufbar.

© 1. Auflage: April 2015   Reni Dammrich

© 2004 Coverbilder: Reni Dammrich
Umschlaggestaltung: Reni Dammrich
Layout: Reni Dammrich

Herstellung und Verlag:
BoD – Books on Demand, Norderstedt
ISBN: 9783734781902

RENI DAMMRICH

ಐ * ಐ * ಐ * ಐ * ೇ * ೇ * ೇ * ೇ

NIGEL
–
ASCHENPUTTEL AUF VIER PFOTEN

ಐ * ಐ * ಐ * ಐ * ೇ * ೇ * ೇ * ೇ

3	Mein rettender Engel
11	Auf Messers Schneide
25	Ein Hund ist auch nur ein Mensch
37	Mein erster Urlaub
49	Das Leben von seiner schönsten Seite
57	Verrückte Bekanntschaften
69	Dunkle Wolken im Paradies
89	Hundekumpel und -kumpelinen
110	Schlimme Gewissheit
125	Abschied

Mein rettender Engel

Hattet ihr schon einmal eine Amputation bei vollem Bewusstsein? Nein?

Mein Frauchen hat etwas erlebt, das dem sehr nahe kommt. Das war jener Tag, an dem sie mich zum Tierarzt bringen musste, um mich von meinen vielen Leiden erlösen zu lassen. Wir beide haben, von unserer ersten Stunde an, immer wie ein Organismus reagiert – ging es dem einen gut, dann war auch der andere glücklich.

Ach, ihr wollt lieber hören, was vorher geschah? Na gut, setzt euch einen Moment. Ich will euch berichten, wie alles begann…

Wie jede Nacht lag ich auf dem kalten Steinfußboden, am Rande meines Rudels, bewegte im Schlaf meine Pfoten, als würde ich durch Wald laufen. Aber dort war ich schon seit einem Jahr nicht mehr gewesen. Mein ausgemergelter geschwächter Körper gab das einfach nicht mehr her. Ich kuschelte mich an die anderen Hunde, um ein wenig Wärme und Geborgenheit zu fühlen.

Manchmal schreckte ich auf, wenn ich von deren, im Traum laufenden Pfoten getroffen wurde. Am Morgen würden sie mich wieder fort beißen, wenn ich versuchte, ein wenig Futter zu erkämpfen. Ich hatte mich inzwischen damit abgefunden, auch von den Menschen keine Zuwendungen mehr zu erfahren.

Als schwächster, noch dazu kranker Hund in einer fremden Meute, hat man keine Chance. Mein eigenes Rudel war verkauft worden und mich hatte man, einsam und krank, zurück gelassen. Aber ich wollte leben. Also stibitzte ich, wann immer es ging, den Pferden einen Brocken trockenes Brot und fraß auf dem Hundeplatz jeden Grashalm, den ich fand.

Seit ein paar Tagen hatte ich ganz wundervolle Träume. Ich kann euch nicht einmal sagen, was ich genau gesehen habe. Es war einfach wunderschön und manchmal lag ich mit offenen Augen ganz still auf meinem Platz und wartete auf den Morgen.

Ich wusste nicht, dass drei Autostunden entfernt, gerade die Parzen die Fäden spannen.

Es war ein Montag im Oktober 2001, als eine Frau mit ihrer Tochter die Einkaufstempel heimsuchte. Das heißt, die Tochter suchte heim und die Frau schaute gelangweilt zu. Noch ein Modejournal und noch ein Modejournal – und es gab noch tausend andere Hefte.

Die genervte Mutter wollte gerade zum Aufbruch drängen, als es sie mit unsichtbarer Gewalt zu den Auslagen mit den Tierzeitschriften trieb. Ehe sie dazu kam, einen klaren Gedanken zu fassen, hielt sie eine Hundezeitschrift in der Hand. Ihr Blick fiel wie gebannt auf eine winzigkleine Annonce. Da stand: „Beagle" und eine Telefonnummer. Mit einem versonnenen Lächeln packte sie das Heftchen in den Einkaufskorb.

Vor Jahren hatte sie eine Jagdhündin gehabt – „Pips", eine agile Scottish-Terrier-Dame, die man auf ziemlich rüde Weise von ihrer Seite gerissen hatte. Der Familienrat war schon vor einiger Zeit überein gekommen, dass Mutter einen neuen kleinen Hund bekommen sollte. Denn immer, wenn sie nach Hause kam, den Schlüssel ins Schloss steckte, freute sie sich auf die liebevollen Begrüßungen durch ihre Hündin, dabei gab es Pips schon seit Jahren nicht mehr.

Die Frau litt unter dem Verlust. Nun endlich sollte ihr großer Wunsch wahr werden. Warum nicht ein Beagle? Immer wieder blätterte sie die Zeitschrift durch, immer wieder blieben ihre Augen an genau den gleichen Zeilen hängen: „Beagle" und darunter eine banale Telefonnummer.

Nach zwei Tagen hielt sie es einfach nicht mehr aus, griff zum Hörer, tippte die Zahlenreihe ein und lauschte. Es wurde recht schnell abgehoben und wenig später wusste die Frau, dass sie jederzeit die Welpen anschauen kommen konnte. Ein Griff zum Autoatlas – na ja, drei Stunden Fahrt war ihr ein neuer Hund schon wert.

Da es keine Zufälle gibt, musste das wohl so sein. Sonst hätte sie sicher ihren Traumhund gleich im Nachbarort gefunden.

Und wie der arme kranke Hund so weit entfernt, hatte sie nun mehrere Nächte lang einen wundersamen Traum. In ihm lehrte ihre Hündin Pips einem neuen Hund, der körperlich aber nicht zu sehen war, alles, was auch sie beherrscht hatte. Das Aufwachen nach diesen Träumen war einfach wundervoll.

Heute Nacht habe ich überdeutlich gespürt, dass irgendetwas Grandioses geschehen wird. So habe ich wohl, einem kleinen Fellbündel gleich, in meiner Ecke auf dem gefliesten Boden gelegen und immer wieder leise gewinselt.

Am Vormittag brach der Wahnsinn richtig los. Unbekannte Motorengeräusche auf dem Hof, Autotüren klappten, fremde Gerüche und Stimmen. Zwei Personen, die unschlüssig den kahlen langen Gang betrachteten, der vom Gebell und Gejaule meiner Kameraden erfüllt war. Dann hörte ich die Stimme meiner Herrin. Aha, die Fremden wollten sich also die Beagles ansehen. Wir beruhigten uns langsam, so wie sich die Schritte entfernten.

Hätte die fremde Frau gewusst, was man ihr am Telefon verschwiegen hatte, nämlich, dass nur noch eine kleine Hündin keinen neuen Besitzer hatte, dann hätte sie sich den langen weiten Weg erspart. Sie wollte einen Rüden, das stand felsenfest.

Ihr Mann sagte: „Schau dir den Hund doch erst mal an. Der ist doch wirklich niedlich."

Die Frau nahm das Tierchen auf den Arm. Es sprang einfach kein Funke über. Sie wollte nichts von dem Hund, der Hund nicht von ihr. „Niedlich", war schließlich kein Kriterium. Daraus konnte einfach nichts Gutes werden. Die Enttäuschung war bitter. Sie war sich doch so sicher gewesen, dass sie genau hier ihren neuen Hund finden würde.

Schließlich stand sie wieder auf dem Gang, lauschte, fühlte auf einmal die gleiche Wärme, die ihr die Träume gebracht hatten, und sagte plötzlich: „Ich würde ja auch einen älteren Hund nehmen."

Der Mann zuckte in blankem Entsetzen zusammen, als unsere Besitzerin erklärte, dass sie einen Hund im Rudel habe, den sie liebend gern weggeben würde.

Na, ratet mal, wer das wohl war!

Einen Augenblick später öffnete sich mein Verschlag und ich hetzte mit Riesensprüngen auf die beiden zu. Der Unterkiefer des Mannes war beim Anblick von etwas so Großem, Dürrem und Dreckigem schnell bei den Knien angekommen.

Die Frau hockte sich hin, rief mich heran und ich beeilte mich, ihrem Wunsch nachzukommen. Entsetzt betrachtete sie mich. Dabei störte es sie weniger, dass ich bald dreimal so groß war wie ein Beagle. Sie streichelte zärtlich meinen klapperdürren, von unzähligen Bisswunden und Striemen übersäten Körper, berührte die blutigen Risse in meinen Ohren und machte sich auch nichts daraus, dass ich erbärmlich stank.

Ich wedelte mit dem Schwanz, wie ich es noch nie getan hatte, kuschelte mich ganz fest an und alles in mir schrie: „Hol mich schnell hier weg! Nimm mich bitte, bitte, bitte mit."

Sie drückte mich an sich und schlagartig war ihr klar, dass sie genau das in den Armen hielt, was ihr ihre erste Hündin im Traum zu erklären versucht hatte. Ihr Ehemann stand noch immer völlig erstarrt an der Tür und glaubte umfallen zu müssen, als er die Worte hörte: „Den nehme ich mit." Sein Unterkiefer erreichte in Rekordzeit die Schuhspitzen.

Ich habe nie wieder ein derartig entsetztes Gesicht gesehen!

Da wollte seine Frau doch allen Ernstes diesen heruntergekommenen, mageren, stinkenden Flohpelz mitnehmen. Sie hingegen legte einfach Geld auf den Tisch, machte mir vorsichtig die viel zu kleine Welpenleine als Halsband um, und führte mich zum Auto.

Ich saß schneller hinten auf dem Sitz, als jemand bis drei zählen kann. Jetzt erst begriff ich, was sich soeben ereignet hatte. Das war also mein Frauchen – daran bestand überhaupt kein Zweifel. Vorher hatte ich nur eine Besitzerin gehabt.

Der Mann meines Frauchens machte erst einmal nicht den Eindruck, als ob er mein Herrchen sein wolle. Na gut, ich war ja Kummer gewöhnt. Wenigstens schrie er mich nicht an, oder schlug gar mit einer Peitsche nach mir, wie ich es bisher gewohnt gewesen war.

Die Autotüren wurden geschlossen, der Renault rollte langsam vom Hof. Ich stand auf der Rückbank. Nicht etwa, um dem langsam entschwindenden Hof hinterher zu sehen, nein, ganz im Gegenteil! Ich steckte meinem neuen Frauchen die Schnauze von hinten an die Wange, rieb mich ganz sacht an ihr. Schließlich legte ich mich hin und schlief.

Frauchen lächelte, als sie das im Rückspiegel sah. Auf dem Beifahrersitz schnarchte ihr Mann und hinter ihr schniefte leise ich, Nigel, ein vierjähriger, ausgewachsener English Foxhound-Rüde. Der Motor sang sein monotones Lied und lullte mich in wahrhaft paradiesische Träume.

Ich habe noch nie so weich und komfortabel geschlafen. Eine ganze große Autorückbank nur für mich, der sich sonst eine harte Lkw-Ladefläche mit einem ganzen Rudel teilen musste. Es war einfach himmlisch.

Auf Messers Schneide

Nach drei Stunden Fahrt betrat ich zum ersten Mal in meinem Leben eine Wohnung. Ich hatte das Gefühl, noch immer in meinem Traum gefangen zu sein. Fest an mein Frauchen gedrückt, ging ich über die Schwelle in einen Flur, der ganz anders aussah, als ich es bisher kannte.

Da gab es keine glatten Steinfußböden, sondern ein weiches Material, das ich noch nie gesehen hatte. Das war ja noch viel besser als der Hundeplatz vor meiner alten Behausung. Frauchen verschwand kurz hinter einer Tür, kam mit einem großen, blauen, extra-flauschigen Badvorleger auf dem Arm wieder. Den breitete sie vor dem Küchenschrank aus und bedeutete mir, mich darauf zu setzen. Selig kuschelte ich mich hinein. Ich fühlte instinktiv, dass er nun ganz allein mir gehören würde.

Frauchen beugte sich zu mir herunter, strich mir zärtlich mit der Hand über den Kopf und flüsterte: „Herzlich willkommen im neuen Zuhause."

In diesem Augenblick war ich mir ganz sicher, dass ich soeben die Schwelle zum Paradies überschritten hatte.

Ich blieb erst einmal völlig verschüchtert auf meiner Matte sitzen. Alles war fremd. Ich hatte nie etwas anderes als meinen alten Verschlag erblickt und hatte Mühe, die vielen neuen Eindrücke zu erfassen.

Frauchen plagten hingegen ganz andere Sorgen. Sie wollte ja eigentlich nur Hundewelpen anschauen und war in keiner Weise auf die neue Situation eingerichtet. Aber sie konnte ganz erstklassig improvisieren.

Im Handumdrehen bekam ich eine Schüssel Wasser, über die ich mich auch ganz gierig her machte. Trockenfutter für zwei Tage war da. Das hatte Frauchen von meiner Vorbesitzerin als Zugabe verlangt und auch prompt bekommen. Wahrscheinlich, weil man froh war, einen unnützen Fresser auf so elegante Weise los zu werden.

Eigentlich hätte Frauchen bei meinem Anblick gewarnt sein müssen, so heruntergekommen, wie ich aussah. Trotzdem gab sie mir eine viertel Ration mit einem Mal in eine Schale. Ich war sofort zur Stelle und raffte buchstäblich alles in einem Zug ins Maul. Als ich dann auch noch versuchte, alles mit einem Mal zu schlucken, wäre ich fast erstickt. Mein Frauchen war zu Tode erschrocken. Sie kniete neben mir, streichelte mich, wobei dicke Tränen über ihr Gesicht rollten.

„Wer weiß, wie lange du armer Kerl schon hungern musst?", flüsterte sie. „Ich kann ja verstehen, dass du Angst hast, jemand könnte dir deine Beute wegnehmen."

Nachdenklich schaute sie mich an, es musste schnell eine Lösung her. Dann strahlte sie plötzlich über das ganze Gesicht. „Pass auf! Wir machen das jetzt ganz anders."

Bröckchen für Bröckchen reichte sie mir nun einzeln hin, erntete leuchtende Augen, ein zufriedenes Schmatzen und ein vorsichtiges Schwanzwedeln.

Nach der Mahlzeit, die für mich ein regelrechtes Festmenü war, begann sie meinen abgemagerten Körper zu massieren. So streifte sie den ganzen Schmutz und Unrat aus meinem Fell. Sie wollte nicht ausprobieren, was passiert, wenn man einen fremden Hund einfach in die Badewanne steckt.

Es war schon immer eine Kunst gewesen, ihre Hündin Pips zu baden. Einmal, die Hündin hatte bei Regenwetter unbedingt im Kohlehaufen graben müssen, war das ein ganz besonderes Vergnügen geworden. Das lange dicke Fell war völlig verklebt. Pips stand pitschnass in der Wanne, als es an der Tür klingelte.

Noch ehe irgendeiner sich versah, sprang sie aus der Wanne und rannte, vor Dreck triefend, in den Flur. Dort schüttelte sich kräftig. Anschließend musste vorgerichtet werden.

Mit diesen Gedanken im Kopf bearbeitete mich Frauchen vorsichtig. Jeder Flecken Fell wurde nun gekrault. Ausgiebig betastete sie die Läufe und die Pfoten und konnte sich bald ein Bild über meinen allgemeinen Zustand machen. Für sie schien ich nur aus Knochen, Fell und Blessuren zu bestehen.

An allen vier Beinen waren die Gelenke aufgescheuert, die Kniegelenke hatten zum Teil taubeneigroße Geschwüre. Auch am Hals zeigte ich eine eitrige Wunde.

Ich stand indessen steif wie ein Sägebock, mit selig verdrehten Augen, schnurrte wie ein übergroßer Kater vor mich hin. Noch nie war ich so glücklich gewesen.

Ich wagte kaum zu atmen, weil ich glaubte, dass sie dann mit der Massage aufhören würde. Ich hoffte doch so sehr, dass das noch lange so weiter gehen würde.

Ganz am Ende war ich blitzsauber, im Gegensatz zu meinem Frauchen, dem nun das ganze schmierige Zeug an den Händen, den Jeans und am Pullover klebte. Da half nur noch komplett umziehen.

Als sie damit fertig war, schaute ich ihr schon erwartungsvoll aus der Küche entgegen. Das heißt, ich saß noch genau am selben Fleck auf dem Badvorleger, hatte mich keinen Millimeter bewegt, weil ich ganz einfach nicht wusste, wo ich mich überhaupt hin begeben durfte. Frauchen nahm mir gegenüber auf einem Stuhl Platz, rief mich zu sich. Flugs war ich bei ihr, holte mir wieder Streicheleinheiten ab, wobei ich mich fest an sie drückte und wieder ein leises Mauzen von mir gab.

Dann gingen wir beide auf Entdeckungstour durch die Wohnung – ich immer zwei Schritte, ganz zögerlich hinter meinem Frauchen her. Die vielen neuen Eindrücke prasselten auf mich wie Hammerschläge ein. So war ich doch recht froh, als ich wieder auf meiner bekannten Stelle in der Küche lag, wo ich ganz in Ruhe den Blick schweifen lassen konnte.

Es gab ja so viel zu sehen und vor allem zu riechen! Von irgendwo kam ein bekannter Geruch – Brot – gleich lief mir das Wasser im Schnäuzchen zusammen. Ob es hier wohl auch Pferde gab, denen man erst das Brot stibitzen musste? Nein, nach Pferd roch es nicht. Begehrlich schnüffelte ich. Schnell stellte ich fest, dass mein Liegeplatz genau vor der Schranktür war, aus der es so duftete. Also schnell umdrehen, die Nase an den Türspalt drücken ...

Frauchen amüsierte sich köstlich. Da sie ab und zu selbst gern trockenes, richtig hartes Brot knabberte, konnte sie mir, der ich im Moment ganz Nase war, ein Stückchen geben. Ich staunte nicht schlecht, als Frauchen eine ganz andere Tür aufmachte, aber trotzdem plötzlich Brot in der Hand hielt. Sehnsüchtig schielte ich nach der Leckerei. Meine Rute fing diesmal ganz von selber an zu wedeln. Vorsichtig nahm ich ihr das Scheibchen aus der Hand, trug es auf meinen Platz, wo ich es sogleich rundum beroch, beleckte und schließlich behaglich verputzte. Dann rollte ich mich zusammen und schlief auf der Stelle ein.

Inzwischen durchforstete mein Frauchen die halbe Wohnung, um irgendwas zu finden, aus dem sich ein Notfall-Hunde-Halsband zaubern ließe. Schließlich war Sonntag, vor Montagnachmittag kam sie nicht ins Zoogeschäft. Die dünne grüne Leine aus Leder, von ihrer ersten Hündin, musste erst mal genügen - aber was sollte ohne Halsband werden?

Da klappte die Wohnungstür und ein blondes Mädchen schaute in die Küche.

„Oh, ist der niedlich! Ist das wirklich unserer? Bleibt der nun für immer hier? Darf ich mit spazieren gehen?"

Aha, das war also Diana. Interessant! Noch jemand, der sich über meine Anwesenheit freute und darüber, dass Mutti tatsächlich gleich einen Hund mitgebracht hatte. Richtig cool fand sie, dass ich schon ein „fertiger" Hund war, mit dem man sofort richtig was anfangen konnte. Dass so ihr Zimmer vor Welpenüberfällen sicher war, lief unter der Rubrik „Am ober-aller-coolsten".

Pipsi hatte als Welpe öfter mal Dianas Spielzeug in der Gewalt gehabt, wie ich später erfuhr. Meist war es danach nicht mehr zu gebrauchen gewesen. Mitunter waren nur noch kleine bunte Schnipsel und Brösel übrig. Als Teenager konnte man da erst recht auf solche „Nagetiere" verzichten.

Diana hatte schließlich auch die rettende Idee. Sie brachte ihren schwarzen Gürtel herbei, der in regelmäßigen Abständen, ringsum mit Hohlnieten verziert war. Den konnte man so bequem auf den Halsumfang eines Hundes anpassen. Sah nicht mal übel aus.

Für meinen Transport, von der ehemaligen Besitzerin bis nach Hause hatte die zur Schlaufe gelegte alte Leine von Pips fungiert. Ich machte auch keinerlei Anstalten an der Leine zu ziehen, sonst hätte es mir glatt die Luft abgeschnürt, wie bei einem Würgehalsband. Frauchen verabscheute diese Dinger.

Jetzt kam der große Augenblick. Meine Bekanntschaft mit Straßenverkehr und vielen fremden Menschen stand bevor. Ich stammte vom Lande, aus einer Gegend mit weiten Wiesen, die für die Jagd mit einer Hundemeute ideal waren. Bei guter Pflege hätte sich dort bestimmt auch jeder Hund wohlgefühlt. Nur konnte davon bei mir keine Rede sein. Man hatte mich schon über Monate hinweg nicht mehr mit zur Jagd genommen, weil ich körperlich völlig am Boden war.

Allerdings hatte auch niemand versucht, diesen Zustand zu ändern. Verschlimmert hatte sich alles noch durch die Regel „Kein Jagderfolg – kein Futter", so lebte ich von dem, was ich fand. Nun jedenfalls hatte es mich an den Rand der Großstadt verschlagen.

Ich würde mich an viele Autos, viele Menschen, aber auch an Halsband und Leine gewöhnen müssen. Das alles kannte ich als Mitglied einer Jagdmeute nicht. Die Prozedur des Anleinens ließ ich geduldig über mich ergehen.

Mein neues Frauchen war bisher nur gut zu mir gewesen, es tat ja auch nicht weh und hatte sicher seine Richtigkeit.

Diana ging natürlich besonders freudig mit auf Gassirunde, schließlich war sie extrem stolz darauf, jetzt einen großen Hund zu haben. Nicht nur sie, wie sich mein Frauchen eingestand. Denn ein großer Hund sah bei einem, doch recht kleinen, Frauchen schließlich noch um einiges imposanter aus. Das hob das Selbstbewusstsein gewaltig.

Also trabten wir drei gemächlich auf dem Gehweg an der Straße entlang. Meine beiden frischgebackenen Frauchen beobachteten sowohl mich als auch die Leute. Einigen Reaktionen war wohl recht eindeutig zu entnehmen, dass mehreren Personen aufgefallen war, wie dürr und unterernährt ich war. An der Bushaltestelle tuschelten zwei miteinander, dass ich offensichtlich todkrank sei. Die hängende Rute tat dazu ein Übriges – das bemitleidenswerte Bild war perfekt.

Na gut, haben wir halt einiges zu tun, um aus der Jammergestalt einen ordentlichen Hund zu machen, sagten sich Diana und mein Frauchen mit einem Schulterzucken. Wir zogen ganz gemächlich weiter Richtung Wald. Die ersten Bäume waren schon nach wenigen Minuten gemütlichen Schlenderns erreicht.

Diesen kurzen Weg konnte ich, trotz meines erbärmlichen Zustandes, ganz gut bewältigen.

Ich schnoberte laut wie Pferd im Herbstlaub herum, erschnüffelte mehrere brandheiße Fährten, die mein Hundeherz vollauf begeisterten. Hier würde es mir schon gefallen.

Unter jedem Baum habe ich ausgiebig im Laub gestöbert, jeden Stein beschnüffelt und jeden herabgefallenen Zweig begutachtet. Kreuz und quer spazierten wir drei über die Waldwege.

Ich hatte ständig die Nase auf dem Boden. Als allerdings auch nach zwei Stunden, in denen immer mal Pausen eingelegt wurden, kein Pfützchen und erst recht kein Häufchen zu Buche standen, machte sich Frauchen doch ernsthaftere Gedanken über meinen Zustand.

Im Augenblick führte sie alles auf die völlig neue Situation für mich zurück. Ein neues Zuhause, ein neues „Rudel", andere Umgebung, anderes Futter – damit muss erst mal einer zurechtkommen.

Der nächste Morgen begann für Frauchen mit einem Paukenschlag. Ich war zwar noch in der Küche, stand aber auf dem Herd und versuchte so an den Hängeschränken zu schnüffeln.

Ein energisches „Runter!" von Frauchen veranlasste mich, wie von Furien gehetzt vom Herd auf den Tisch, von da auf die Bank zu springen, anschließend auf meinem Platz zu verschwinden, wo ich mit eingezogener Rute und angelegten Ohren zitternd auf Strafe wartete.

Frauchen sah mir die Panik an, blieb am Schrank stehen, sagte „böser Hund", drehte sich um und schien mich nicht mehr beachten zu wollen.

Ich war zutiefst getroffen. Ganz still liegend, traute ich mich kaum die Augen zu heben.

Nach einiger Zeit kam mein Frauchen zu mir, streichelte mich und sprach leise auf mich ein, sofort schmiegte ich mich ganz fest an sie. Meinem Blick war wohl deutlich anzusehen, dass ich nie wieder auf irgendwelche Möbel springen würde. Ich hatte er Schläge erwartet und war mehr als nur froh, dass die mir erspart blieben.

Am nächsten Tag war ich bis zum Nachmittag mit meinem neuen Herrchen allein zu Hause. Frauchen war in die Firma gefahren, wo sie arbeitete. Für mich begann eine neue Probe. Bisher hatte sich Herrchen immer sehr im Hintergrund gehalten. Er hatte mich auch kaum angesprochen. Ja, eigentlich hatte er sogar Angst vor mir, der ich viel größer war, als er sich vorgestellt hatte. Vor mir, der ich schon ein „richtiger" Hund, und kein Welpe mehr, war, von dem er noch dazu so gar nichts wusste.

Genau genommen stand er seit gestern unter einer Art Schock. Er erinnerte sich an sein Entsetzen, als Frauchen allen Ernstes den Vierbeiner mit nach Hause nehmen wollte, es ja schließlich auch getan hatte. Sie schien überhaupt vor nichts Angst zu haben, nicht mal vor einem völlig fremden Hund mit großen Zähnen.

Im Moment dachte er nur: „Tu du mir nichts, dann tu ich dir auch nichts."

Ich, das Fellbündel vor dem Schrank, schien in seinen Augen genau zu wissen, was sein Gegenüber fühlte, blieb den ganzen Tag in der Ecke liegen und schlief fast ohne Pause.

Nach Feierabend erzählte Herrchen ausführlich, alles, was ich getan oder auch nicht getan hatte. So hatte ich also weder gefressen, noch Wasser getrunken und noch immer kein Pfützchen gemacht.

Frauchen ahnte Schlimmes, setzte mich sofort ins Auto und fuhr zum nächsten Tierarzt. Dieser sah mich kurz an und zog die Augenbrauen hoch: „Sieht insgesamt nicht gut aus." meinte er dann, fasste an meine Flanke, worauf ich jämmerlich aufjaulte. Nierenversagen!

„Lieber Gott, nimm mir meinen Hund nicht weg!" Das war der erste Gedanke, den mein Frauchen überhaupt fassen konnte. In den wenigen Stunden, die sie mich hatte, war ich ihr schon fest ans Herz gewachsen.

Selbst wenn ich mit Spritzen und Medikamenten die Nacht überstehen würde, hätte ich nur eine geringe Chance wieder gesund zu werden, meinte der Arzt. Schließlich wäre mein Gesamtzustand mehr als nur schlecht.

Der geschwächte Körper musste sich wohl schon sehr lange gegen eine Krankheit gewehrt haben, die meinen ehemaligen Besitzern sicher bekannt, aber völlig egal gewesen war. Verwunderlich wäre, dass ich überhaupt noch leben würde.

Frauchen setzte augenblicklich alle Hebel in Bewegung, um ein paar Tage Urlaub zu bekommen, damit sie ganz einfach für mich da sein konnte. Schließlich sollte ich alle zwei Tage beim Arzt meine Spritzen bekommen. Das wollte sie schon lieber alles selber überwachen.

In der folgenden Nacht war ich der Einzige, der schlief. Mein Frauchen kam immer wieder in die Küche, sah nach, ob ich atmete und ob ich mich warm anfühlte. Immer wieder, wenn sie mich streichelte, bewunderte sie meine Fellzeichnung, die sie für außergewöhnlich schön befand.

Hellbrauner Kopf mit weißer Schnauze, von der sich bis hoch in die Stirn eine gerade weiße Linie zog. Der Rücken schwarzbraun, die Oberschenkel hellbraun, wie der Kopf, die gesamte Unterseite strahlend weiß, vier weiße „Stiefelchen" bis zum Knie, die Rute hellbraun mit weißer Spitze. Um den Hals zog sich ein weißer Ring, der auf meinem Nacken in ein unregelmäßiges Dreieck auslief, was aussah, als ob ich ein Halstuch trüge. Meine großen, schwarz umrandeten Augen waren jetzt fest geschlossen.

Sie war erst beruhigt, als ich morgens die Lider hob, mich genüsslich streckte und ein paar Tropfen aus dem Wassernapf schleckte. Die Hoffnung wuchs weiter, denn auf der Morgen-Gassi-Runde gehörte der erste Strauch auf der

Wiese ganz mir, der ihn eingehend beschnüffelte, dann endlich mit wenigen Tropfen zu seinem Revier erklärte. Schließlich gab es hier sehr viele Hunde.

Von den meisten nahm ich nur die Duftmarken wahr, manche konnte ich von Weitem noch sehen. Ein paar durfte ich schon eingehend beschnüffeln. Ich befand sie eindeutig für gut. An manchen Stellen sträubte sich mein Nackenfell. Frauchen war neugierig, welcher Hund da wohl mal gewesen war und warum ich so heftig darauf reagierte.

Der Rest des Tages ging damit herum, dass wieder die vielen Wunden auf meinem Körper eingesalbt wurden, ausgiebig geschmust, geknuddelt und mehrmals kurz Gassi gegangen wurde.

Inzwischen hatte ich auch ein schickes Halsband mit Leine, richtige Hundenäpfe, sowie ordentliches Futter bekommen. Frauchen war schließlich nach Feierabend sofort zur Zoohandlung gefahren. Sie hatte mir eine komplette Erstausstattung mitgebracht.

Mit dem Futter ging gleich die nächste Aufregung los. Ich fraß zwar alles, vertrug aber nichts, bekam sofort Durchfall oder erbrach mich. Eigenartigerweise blieb jeder gefressene Grashalm „drin" wobei er ordentlich und problemlos verdaut wurde.

Also testete Frauchen Obst und Gemüse auf seine Tauglichkeit. Sie stellte eine Art Diät zusammen, später erst nach und nach meine Ernährung auf Hundefutter um. Anfangs mochte ich auch lieber trockenes Brot, als andere Sachen, denn das kannte, und vertrug ich.

Auch der Tierarzt hatte in diesem Zusammenhang vermutet, dass ich mich in den letzten Wochen und Monaten vorwiegend von Gras und Brot ernährt haben musste. Den kommenden Winter hätte ich so sicherlich nicht mehr überlebt. Jetzt aber konnte ich ganz sicher sein, dass immer jemand da war, der genau darauf achtete, dass es mir nie an etwas fehlen werde.

Ein Hund ist auch nur ein Mensch

Frauchen hatte gleich am Folgetag des überstürzten Tierarztbesuches mit ihrem Chef gesprochen. Dieser hatte ihr vierzehn Tage Urlaub genehmigt, unter der Maßgabe, dass er den Hund sehen wolle. So fuhr sie also mit mir in die Firma. Dort waren sich sofort alle einig, dass dieser Hund dringend für ein paar Tage eine Rund-um-die-Uhr-Betreuung brauchte. In deren Folge hatte ich mich, „Frauchens Pelztierchen", auch schon nach zwei Wochen von meiner Krankheit recht gut erholt.

Ich hatte sogar ein paar Gramm Körpergewicht zugenommen. Trotz meiner erst einmal klapperdürren neunzehn Kilogramm Gewicht wurde ich liebevoll „Dicker" genannt. Ich sah nun optimistisch einer Zeit entgegen, wo ich mal fast dreißig Kilogramm, das Standardgewicht, eines Foxhound-Rüden erreichen würde.

Sogar die vielen offenen Wunden begannen langsam abzuheilen. Optisch machte ich dadurch einen viel besseren Eindruck als noch vor wenigen Tagen. Ich schien tatsächlich das Gröbste überstanden zu haben.

Nun genoss ich die letzten wärmenden Herbstsonnenstrahlen im Garten, wo ich nach Herzenslust herumlaufen und am Fallobst naschen durfte.

Besonders die Äpfel hatten es mir angetan. So suchte ich mir die besten Stücke aus, um kräftig hineinzubeißen. Die säuerlichen Sorten waren meine Favoriten. Wollte man wissen, wo ich mich gerade aufhielt, so folgte man am besten dem genüsslichen Schmatzen.

Meistens war ich es dann auch, aber ab und zu auch ein Igel, der noch viel lauter schmatzend, friedlich am anderen Baum saß.

Ich ging dem Igel aus dem Weg, sodass wenigstens das Flohproblem des kleinen Stachelträgers keine Gefahr für mich darstellte. Flöhe hätten mir, so geschwächt, wie ich immer noch war, sicherlich arg zugesetzt.

Für den Fall, dass mich die Müdigkeit übermannte, hatte mein Frauchen eine Thermomatte auf die Wiese gelegt, deckte mich mit einer dünnen Decke zu, sodass ich windgeschützt und warm vor mich hin dösen konnte. Schließlich war mein Körper noch gar nicht in der Lage ein wärmendes Winterfell wachsen zu lassen. Ich war schon froh, das nackte Leben gerettet zu haben.

Ab und zu schreckte ich hoch, blinzelte zu Frauchen hin und schlief wieder ein. Konnte ich sie nicht gleich entdecken, sprang ich auf, um verzweifelt nach ihr zu suchen. Ich beruhigte mich erst, wenn er sie irgendwo zwischen den Beeten entdeckt hatte. Vorsichtig lief ich dann die Wege entlang, um kurz mit ihr zu schmusen.

Dann bezog ich wieder meinen Beobachtungsposten mitten auf der Wiese. Dort hockte ich stets wie eine Sphinx, das bunte Treiben in den Gärten ringsum beobachtend. Mitunter lag ich stundenlang so da. Nur meine Ohren bewegten sich manchmal. Ich trieb es so zur Perfektion, dass eine der Nachbarinnen der Überzeugung war, ein künstlicher Hund läge auf der Wiese.

Umso erschrockener war sie, als die „Statue" mit zwei, drei Sätzen plötzlich am Zaun stand und ihrerseits nachschaute, was es wohl zu sehen gäbe.

Nur ein einziges Mal hatte mich Frauchen an der Leine über alle Gartenwege geführt. Sie hatte mir gezeigt, was „nein" ist. Ich hatte danach nie eines der Beete betreten, nicht mal beim wildesten Rennen. Auch die Grenzen zu einigen Nachbargärten, zu denen es keine Zäune gab, übertrat ich nicht. Ich blieb dann immer auf dem letzten Weg stehen und schaute nach, was die anderen Leute so machten.

Zuerst wurde ich, aufgrund meiner Größe, argwöhnisch von den Gartennachbarn beäugt. Kurz darauf hatte ich sie aber alle um den Finger gewickelt. Bald war ich als der Hund bekannt, der nie bellt, nie Schaden anrichtet, als Freund aller kleinen Kinder und kleinen Tiere. Einige kamen sogar extra an den Zaun, nur um mal den großen, lieben Hund streicheln zu können.

Auch die Verwandtschaft war neugierig auf mich. So setzte mich Frauchen an einem Wochenende ins Auto, um mit mir nach Dresden zu fahren.

Erster Anlaufpunkt war ihre Schwester - stolze Besitzerin zweier Katzen. Das Katerchen, vom Hundebesuch eher geschockt als erfreut, war im Schrank verschwunden. Es blieb auch die ganze Zeit über dort. Das Katzenmädchen allerdings beobachtete erst jeden Schritt des fremden Schwanzwedlers, um dann mit mir Nase an Nase auf einer Decke zu sitzen, dabei meine Schmeckerchen knabbernd.

Ich, der Katzen höchstens vom Geruch ihrer Fährten her kannte, blieb regungslos sitzen. Ich beobachtete meinerseits das fremde Pelzknäuel. So eine Situation hatte ich noch gar nicht erlebt. So richtig geheuer war mir die Sache auch nicht. Fragend blickte ich mein Frauchen an.

Das sagte: „Die Miez ist lieb, die Miez darf dort sitzen."

Na gut, blieb das kleine fellbedeckte, und wie ich dreifarbige, Tier eben dort sitzen. Nur das Wort „Miez" prägte ich mir fest ein, und, dass diese ohne Strafe mein Futter fressen durfte. Ich war schließlich in das Revier der Katze gekommen. Ich wurde als Eindringling geduldet. Für mich war es normal, dass ich deshalb mit der Besitzerin des Reviers teilte, ihr sogar die besten Brocken überließ.

Stundenlang überwachten wir gegenseitig jeden unserer Schritte, jede Bewegung. Am Ende wurde ich von meinem Gegenüber für gut befunden. Es wollte nach Katzenart seinen Körper an meinem Bein reiben. Da bekam ich es doch mit der Angst zu tun, machte einen Schritt zur Seite.

Beleidigt drehte sich die Samtpfote um, sprang auf ihren Hochsitz und strafte mich bis zu unserer Abreise, indem sie mich einfach ignorierte. Ziemlich belämmert, ließ ich mich von Frauchen trösten.

Am Nachmittag fuhren wir zu Opa. Der verwöhnte mich so mit leckeren Kaustäbchen, dass Frauchen schon die Befürchtung hatte, ich würde jeden Moment platzen.

Auch hier demonstrierte ich, dass ich mich, als echtes Naturtalent, vollkommen salonfähig verhalten konnte. Oma und Opa waren dann doch sehr erstaunt, was ich in gerade mal vierzehn Tagen alles gelernt hatte. Kannte ich doch am Anfang nur drei Befehle und die hatten ausschließlich mit der Jagd zu tun gehabt.

Das war auch so ziemlich das Einzige, außer dem Geburtsdatum, was Frauchen überhaupt über mich erfahren hatte, als sie mich kaufte. Sie hatte ja keine Papiere bekommen.

Gerade so im „Rudelbuch" konnte sie sehen, dass ich nicht einmal alle nötigen Impfungen bekommen hatte. Auch sonst war ich nicht medizinisch versorgt worden. Hunde galten dort wohl nur als Sportgeräte. War das Gerät kaputt, so wurde es eben weggeworfen.

Ich schwänzelte ein bisschen am Tisch herum, machte aber kehrt, als ich mit Nachdruck weggeschickt wurde. Auch den Balkon betrat ich erst nach einer speziellen Aufforderung. Ich sah mich nur kurz draußen um, legte mich wieder auf meinen zugewiesenen Platz, immer zu Opa hinlugend. Hätte ja sein können, dass ich hinter Frauchens Rücken noch ein paar Schmeckerli abstauben konnte.

Es hatte Opa einen diebischen Spaß bereitet, mir unbemerkt von allen, unter dem Tisch eine winzige Kostprobe vom Kuchen ins Schnäuzchen zu schieben. Dann stand ich wie ein kleiner Verschwörer neben Opas Platz und wir beide blinzelten uns vergnügt an.

Auch Pips hatte früher an „ihrem" Opa einen Narren gefressen. Als sie noch ein Welpe war, hatte sie ihn bei jedem Besuch buchstäblich belagert. Denn er kam nie mit leeren Händen. Solche Sachen merkt man sich als Hund wohl zuerst.

Außerdem reagierten sämtliche Haustiere auf seine tiefe Stimme fast gleich. Sie lauschten beinahe andächtig jedem Wort. Der gleichmäßige dunkle Klang war besonders wohltuend für Tierohren.

Tagsüber, so hatte es sich ergeben, hielt ich mich zu Hause im Wohnzimmer auf. Eine Decke vor dem großen Sofa war mein Reich. Das Zimmer war ideal für so einen großen Hund wie mich. Es bot viel Platz, lag auf der Nordseite. Selbst im heißesten Sommer blieb hier die Temperatur angenehm. Nachts schlief ich in der Küche, vor dem Schrank, auf meinem Badteppich.

Eines Abends, alle waren schon zu Bett gegangen, hörte Frauchen plötzlich die Tür zu Dianas Zimmer aufschnappen. „Schnuffi" hatte richtig erkannt, wozu Türklinken da waren. Ich schlich mich in ihr Zimmer, kletterte fast geräuschlos auf das Sofa und rollte mich gemütlich zusammen.

Frauchen war mit einem Satz aus dem Bett, sie musste es wohl geahnt haben, wer da im Finstern durch die Wohnung schleicht. Diana lachte und ich schaute treuherzig von einer zur anderen. Ich konnte mir keinen Reim auf die ganze Aufregung machen. Schließlich durfte ich bei Diana schon einmal auf das Sofa, um ordentlich mit ihr zu schmusen. Warum sollte ich also jetzt nicht hier schlafen? Es war doch hier noch viel gemütlicher als in der Küche.

Keine Chance! Frauchen schickte mich wieder zurück.

Minuten später – das gleiche Spiel noch einmal. Dann versteckte sich Frauchen hinter dem Schrank im Flur, um mich auf frischer Tat zu erwischen. Es dauerte auch gar nicht lange, da kam auf leisen Pfoten der Delinquent geschlichen und hatte nur Augen für die Türklinke.

Frauchen trat einen Schritt vor, mir fuhr gewaltig der Schreck in die Knochen. Schneller, als ich aus der Küche gekommen war, war ich wieder dort und tat, als läge ich schon Stunden hier.

„Na los, komm mit!", sagte Frauchen nach kurzem Überlegen, führte mich auf mein ersehntes Sofa zurück, wo ich mich lang und noch länger ausstreckte, um schließlich, rundum zufrieden, einzuschlafen.

So kam es also, dass ich offiziell in Dianas Zimmer Einzug hielt. Das Sofa wurde meine Schlaf -, Schmoll- und Kummerzone. Das sollte aber nicht meine letzte Errungenschaft sein.

Etwas später hatte es sich eingebürgert, dass ich, nach dem Schmusen mit Frauchen, auf der großen Couch im Wohnzimmer liegen bleiben durfte. Sie wurde mit einem großen Saunatuch abgedeckt.

Fortan verbrachte ich hier meine Tage und bei Diana meine Nächte. Außerdem hatte ich ganz schnell den Bogen raus, wie man, Köpfchen auf der Armlehne, den besten Blick auf den Fernseher hat. War der aus, konnte ich mich einfach umdrehen und von der anderen Armlehne aus die großen Fische im Aquarium beobachten, welches genau neben dem Sofa stand.

Am meisten genoss ich die abendlichen Dauer-Schmuse-Stunden. Ich lag dann quer über Frauchens Schoß, ließ mich unendlich lange kraulen und mir Liebkosungen in die Ohren flüstern, welche ich mit Mauztönen in der gleichen Tonart beantwortete.

Herrchen sagte dann immer: „Na, mit dir trete ich noch mal im Zirkus auf. Du bist der geborene sprechende Hund."

Zirkusreif war wohl auch eine andere Vorstellung, die ich einmal gab, als mich die Hundenatur übermannte.

Vom Mittagessen war ein großes Steak übrig geblieben. Es stand, weil noch heiß, in einer Stielpfanne mit schwerem Glasdeckel auf der hintersten Herdplatte.

Herrchen hatte sich das Stück fürs Abendbrot reserviert, sich anschließend zur Mittagsruhe ins Schlafzimmer begeben. Frauchen hängte inzwischen Wäsche auf und wollte danach mit mir in den Wald gehen. Nach getaner Arbeit betrat sie die Küche. Sie glaubte, ihren Augen nicht trauen zu können.

Da stand die Pfanne blitzblank ausgeleckt auf dem Fußboden vor dem Herd, der Deckel lag fein säuberlich auf einer der Herdplatten.

Ziemlich verstimmt dachte sie: „Typisch Mann, erst zum Abendbrot haben wollen - kaum hat man den Hintern gewendet, alles dem Hund geben!"

Sie ließ die Pfanne so stehen, um Herrchen nach seinem Nickerchen zur Rede zu stellen. Schließlich hatte ich nie Essensreste bekommen. Das sollte auch so bleiben.

Als Herrchen eine Stunde später in die Küche ging, hörte sie ihn plötzlich fluchen. „Das kann doch nicht wahr sein! Stellt sie einfach mein Abendbrot dem Hund hin! So ein schönes Stück Fleisch, viel zu schade für den Hund!"

Kurze Zeit später wurde der Missetäter gemeinsam überführt. Ich lag auf dem Sofa, hatte fürchterliche Bauchschmerzen, traute mich aber auch nicht den geringsten Ton von mir zu geben. Als Folge meiner „Selbstbestrafung" hielt ich mich erst mal vom Herd fern.

Auf welche Weise es mir gelungen war, den schweren Deckel von der Pfanne zu nehmen, die Pfanne selber „mit Inhalt nach oben" vom Herd zu bekommen, blieb den anderen ein Rätsel. Ich hatte mir ganz einfach den Stiel der Pfanne zwischen die Zähne geklemmt, was den Fall auf den Fußboden etwas abbremste.

Den halben Nachmittag schielte ich immer wieder vorsichtig zu Frauchen hin, um herauszufinden, ob sie noch immer böse auf mich sei. Diesmal musste ich, der Schwere meines Vergehens nach, ziemlich lange warten, ehe Frauchen zu mir kam und mich streichelte.

Erst dann traute ich mich wieder von meinem Platz zu kriechen. Ich drückte sich ganz fest an Frauchen, um ihr damit zu sagen: „Ich tu es nie wieder!"

Schon des Öfteren hatte sie scherzhaft am Telefon zu ihrer Schwester gesagt: „Der Dicke ist gar kein Hund, der reagiert viel zu menschlich. Die Seele muss sich schlicht und einfach ‚verflogen' haben. Das sollte bestimmt mal ein kleiner Mensch werden."

Aber nicht nur bei kleinen Menschen, sondern auch bei Hunden hielt Frauchen nichts von körperlichen Züchtigungen. Wie hätte ein Tier Vertrauen fassen sollen, wenn die Hand, die es fütterte, es geschlagen hätte. Sie schaute mir lieber tief in die Augen und die Seele und versuchte genau meine Gefühle zu erfassen.

So bemerkte sie auch die Art, wie ich die Familienmitglieder beobachtete, was sie sehr interessant fand. Manchmal hatte sie den Eindruck, als würde ich überlegen: „Wie hat Frauchen das gerade gemacht?" So beobachtete ich sehr genau das Öffnen der Backröhre, in der ja immer das getrocknete Brot aufbewahrt wurde.

Nach ein paar Tagen hatte ich genug gesehen und probierte es selber aus. Ich legte meine lange schmale Vorderpfote auf den Bügel, krümmte die Zehen etwas, schon konnte ich die Klappe ganz leicht herunter ziehen. Da stand ich nun vor einer Schüssel voller Köstlichkeiten.

Ich hätte zu gern ein Häppchen genommen, trat von einem Bein aufs andere, der Hals wurde immer länger, um ja richtig schnüffeln zu können. Am Ende siegte die Vernunft. Mir war eingefallen, welche Auswirkungen der „Fleischraub" nach sich gezogen hatte.

Strafe würde es vielleicht trotzdem geben, denn ich wusste nicht, wie ich den Backofen wieder schließen sollte.

Kurz darauf kam Frauchen aus dem Büro. „Was für ein schlaues Kerlchen!", dachte sie, hütete sich allerdings, das laut zu sagen. Anerkennend hatte sie auch sofort registriert, dass ich, obwohl ich es gekonnt hätte, kein Brotstück herausgenommen hatte.

Sie rief nach mir. Mit hängenden Ohren und eingezogenem Schwanz erschien ich in der Tür. Sie schloss die Herdtür, wobei sie laut „Nein" sagte.

Ich stand im Flur, zuckte vorsichtig mit der Schwanzspitze. „Weiß schon, ich hab was angestellt, tut mir leid."

„Na dann komm her, du alter Räuber!"

Ganz schnell kuschelte ich mich an mein Frauchen, glücklich, dass sie nicht böse auf mich war. Ich ahnte, dass sie unter den bisherigen zwei Strafen - Ignorieren des Hundes - fast genau so gelitten hatte, wie ich selber.

Herrchen indes grollte noch eine ganze Weile vor sich hin und ich ging ihm lieber aus dem Weg.

Mein erster Urlaub

Das Jahr ging langsam zur Neige. Frauchen liebte ihren „dicken", süßen Knuddel inzwischen fast abgöttisch. Für sie war ich der „kleinste Streichelzoo" der Welt: Ihr Schmuse-Kater, Kuschel-Mäuschen, kleiner Spatz, Ringel-Würmchen (wenn ich mich dreimal im Kreis drehte, bevor ich mich zusammenrollte), Pelz-Tierchen, Knuddel-Bärchen.

Nur gebellt hatte das Tierchen bisher noch nicht. Ich hatte gejault, gewinselt, gemauzt und die ungewöhnlichsten Töne von mir geben - nur eben nicht gebellt.

Irgendwann kam der erste Schnee. Dann stand früh plötzlich eine, für mich völlig unerklärliche, Gestalt am Wegesrand. Diese komische Figur bewegte sich nicht, sah seltsam aus, trug einen lindgrünen, langen Schal um den Hals. Langsam, geduckt, mit gesträubtem Fell schlich ich hinter meinem Frauchen her. Ein paar Mal zog ich an der Leine und wollte weglaufen.

Frauchen hatte schnell den Schneemann als Urheber meines seltsamen Verhaltens erkannt. Sie versuchte, mich zu beruhigen. Fast hatte sie mich so weit, dass ich neben ihr am kalten, weißen Dickbauch vorbei gehen wollte, als ein Windstoß den Schal erfasste und hochflattern ließ.

Das war zu viel für mich. Ich stellte sich vor den Schneemann, bellte ihm dreimal kurz „ganz fürchterlich die Meinung".

Frauchen musste lachen. Sie streichelte mich und sie sagte: „Hast eine schöne Stimme, Süßer."

Beim nächsten Zusammentreffen beäugte ich argwöhnisch den Schal, sträubte wieder etwas das Nackenfell und war froh, dass ich unangefochten vorbei kam. Für die Tapferkeitsmedaille hatte es zwar nicht gereicht, aber Frauchen lobte mich trotzdem sehr. Sie hoffte, dass ich meine Scheu und Ängstlichkeit vor allem Fremden irgendwann ablegen würde.

Sonst bewacht ein Hund sein Frauchen, bei uns beiden war es vorerst noch umgekehrt.

Ich hatte mit meinen vier Jahren schon viel Schlimmes erlebt. Immer wieder kam es unterwegs zu Situationen, die Frauchen deutlich zeigten, dass ich seelisch sehr gelitten haben musste. Sie nahm mich dann immer in den Arm und sprach leise mit mir.

Einmal war es eine lange, kahle Rute, die mitten auf dem Weg lag. Sie ließ mich durch ihren bloßen Anblick vor Angst laut aufjaulen. Ich verkroch mich regelrecht in Frauchen, die sich zu mir herunter gebeugt hatte und vergeblich versuchte, das zitternde Bündel Angst zu beruhigen.

Für sie hatte es ganz den Anschein, als ob ich in der Vergangenheit Prügel mit so einem Ding bekommen hätte, was durchaus der Wahrheit entsprach.

Ein andermal wollte ich nicht an einem fremden Kellerfenster vorbei gehen, das schwarz und bedrohlich aussah. Trotz mehrfacher Versuche zog ich panisch an der Leine, sodass sie es für besser hielt, eine andere Strecke zu gehen.

Schließlich konnte ich ihr nicht erzählen, was mich so beunruhigte. Und was mir in so einer ähnlichen Umgebung widerfahren war.

Auch meine bisherigen Reaktionen auf „jetzt-bin-ich-erwischt-worden" hatten eine deutliche Sprache. Warum hätte ich sonst jedes Mal zitternd vor Angst in der Ecke gesessen, wenn es früher nicht drakonische Maßnahmen gegeben hätte. Von irgendwoher musste dieses Panikgefühl ja kommen.

Manchmal begann ich im Schlaf, fürchterlich zu winseln und mich zu krümmen. Frauchen weckte mich dann vorsichtig. Wenn ich ihr Gesicht erkannte, leckte ich ihr immer dankbar die Hände, kuschelte mich ganz fest an. Anschließend schlief ich beruhigt weiter.

Im Lauf der Zeit wurde ich selbstbewusster und damit diese Albträume immer seltener.

Aufgrund der großen Fortschritte, die ich gemacht hatte, beschloss die Familie, schon im folgenden Sommer mit mir in den Urlaub zu fahren. Ihre Hündin Pips war auch einige Male mit gewesen. Sie hatte es immer in vollen Zügen genossen.

Dort gab es ausgedehnte Wälder, Wiesen, Felder, Teiche und Nutztiere jeder Sorte. Neugierig waren alle, wie ich wohl auf die Pferde der Wirtsleute reagieren würde. Schade nur, dass ich immer an der Leine bleiben musste.

Mir war das Spurenlesen so eingebläut worden, dass ich immer und überall glaubte, jede heiße Fährte bis zum Ende verfolgen zu müssen. Frauchen hatte einfach Angst, dass ich auf diese Art und Weise mal „unter die Räder" kommen würde.

Sie ließ es außerhalb des Grundstückes nicht erst darauf ankommen. Im Wald hatte sie es einmal versucht. Sofort war ich in der Ferne verschwunden und kam erst nach einer ganzen Weile wieder.

Ihr steckte der Schreck jetzt noch in den Knochen, wenn sie nur daran dachte. An der Flexi-Leine hatte ich immerhin einige Meter Auslauf, so waren beide Seiten zufrieden.

Die Modalitäten für die Reise waren schnell geklärt. Ich bekam, wie auf jeder Fahrt, meinen Sicherheitsgurt angelegt. Alle hofften, dass ich die stundenlange Autofahrt gut überstehen würde. Kräftig genug war ich inzwischen.

Ich wog jetzt dreiundzwanzig Kilo, hatte seidiges, glänzendes Fell und war vom Anblick her schon eine richtige Augenweide geworden. Nur mit großen Hündinnen oder Deutschen Schäferhunden jeden Geschlechts und fast jeden Alters hatte ich immer noch meine liebe Not.

Bei jedem Zusammentreffen, vor Angst winselnd und jaulend, stellte ich die Nackenhaare auf.

Manchmal glaubte ich, mein Frauchen durch einen schnellen Scheinangriff auf den vermeintlichen Feind verteidigen zu müssen. Sie konnte mich aber stets wieder beruhigen. Zeitweise beschnüffelte ich meinen Kontrahenten am Ende sogar friedlich.

Es war mir schon auf dem ersten Blick anzusehen, wie ich auf den jeweiligen fremden Hund reagieren werde. Im Zweifelsfall ging sie lieber der Konfrontation aus dem Weg, schließlich hatte sie im Notfall mit ihren einssechsundfünfzig Körpergröße alle Hände voll zu tun, wenn sie zwei große Kampfhähne trennen musste.

Manchmal kam es ihr vor, als ob ich mich an bestimmten Hunden, die vielleicht einen alt bekannten Geruch verströmten, für das rächen wollte, was mir in der Meute widerfahren war und damit lag sie vollkommen richtig.

Ich verschlief fast die ganze Autofahrt. Der monotone Klang des Motors und das sanfte Schaukeln hatten mich eingelullt. Völlig verschlafen blinzelte ich, als Herrchen nach Stunden die Autotür öffnete, mir über den Kopf strich. „Hey, aufwachen, du Murmeltier!"

Erst einmal musste sich der Langschläfer strecken, herzhaft gähnen - dann war ich bereit zu großen Taten. Hm, sah alles fremd aus, roch fremd, logische Schlussfolgerung: es war alles fremd. Trotz meiner sonstigen Vorsicht gegenüber allem Neuen, wäre ich am liebsten sofort auf Entdeckungstour gegangen.

Jetzt gab es aber erst einmal eine freudige Begrüßung durch die Wirtsleute. Man hatte sich schon eine lange Zeit nicht mehr gesehen, nur immer Feiertagsgrüße ausgetauscht. Dann brachte Herrchen die Taschen aufs Zimmer. Nun endlich konnte ich schnüffeln gehen.

Die Frau des Hauses hatte erzählt, dass sie jetzt auch einen kleinen Hund hätte, den wollte sich Frauchen mit mir ansehen. Der Satz hätte aber wohl eher heißen müssen: Wir haben jetzt auch einen jungen Hund. Von „klein" konnte nun wirklich keine Rede sein!

Es war ein junger Deutscher Schäferhund von zwölf Wochen, der schon größer war als ich. Im Gegensatz zu sonst stellte ich diesmal nicht das Nackenhaar auf, schaute mir die ganze Sache aber aus sicherer Entfernung an.

Ich versteckte mich also hinter meinem Frauchen, wobei ich vorsichtig an ihr vorbei lugte. Recht schnell hatte ich erkannt, dass das Tier vor mir, ein Welpe war. Ich kam also langsam aus meiner Deckung und ließ mich sogar von „Spike" anspringen.

Es sei vorweggenommen, dass wir beide „dicke Kumpels" wurden, die recht bald den Bogen raus hatten, die „Rudelchefin" des jeweils anderen nach Leckerli anzubetteln. Jeden Abend saßen wir gemeinsam unterm großen Biertisch auf der Wiese und ließen uns verwöhnen.

Wenn Frauchen und Herrchen zum Frühstück gingen, legte ich mich ins Auto, geduldig auf ihre Rückkehr wartend. Ich lag gern im Auto. Jeden Morgen lief ich schnurstracks hin, wartete mit wedelndem Schwanz, bis sich endlich die Tür öffnete.

Etwas später ging es stets ins Grüne. Überall gab es etwas zu entdecken. Meine Zusammentreffen mit den Nutztieren der Wirtsleute verliefen recht unterschiedlich. Die Pferde sah ich kurz an, hatte aber kein weiteres Interesse an ihnen.

Solche Pferde waren mir nur als „Brotlieferanten" von Bedeutung gewesen. Bei diesen hier roch es nun mal nicht nach Brot. Jedenfalls in diesem Augenblick nicht – also: abgehakt.

Den Kühen ging ich lieber aus dem Weg, die erschienen mir zu gefährlich. Außerdem waren sie mir zu laut. Enten, so wie anderes Federvieh, einschließlich aller Singvögel, hatte ich von jeher ignoriert.

Wirklich gut gefielen mir die vielen Katzen, die Schweine und natürlich Spike. Auch die großen Karpfen, die wegen der starken Mittagshitze nah an der Oberfläche schwammen, waren mir einen Blick wert. Am meisten beeindruckte mich die Tatsache, dass diese meine Leib- und Magenspeise bekamen, nämlich Brot.

So war es auch nicht verwunderlich, dass ich gern zu den Teichen ging, denn manchmal lag noch ein einsamer Krümel am Ufer, den ich mir schmecken lassen konnte.

Meinen Durst konnte ich an der Pferdetränke stillen. Indem ich mich auf die Hinterbeine stellte, reichte ich gerade an das Wasser heran. Der Zulauf kam direkt aus einer Quelle, so war das Wasser stets kristallklar und angenehm kühl. Dafür lohnte sich schon eine akrobatische Einlage.

Unterwegs trank ich meist aus einem der zahlreichen Bäche. Für den Notfall hatte Frauchen immer eine große Flasche Wasser nebst Schüsselchen dabei. Ohne diese Utensilien ging sie nie mit mir wandern.

Ich hatte mich übrigens recht schnell an die neuen fremden Menschen gewöhnt, die ebenfalls dort Urlaub machten. Am liebsten lag ich auf der Wiese und ließ mich mit Ausdauer von den kleineren Kindern streicheln. Ich mochte es, wenn sie sich neben mich setzten oder sich bei mir anlehnten.

Auch von den Erwachsenen wurde ich immer gestreichelt, wenn sie meiner habhaft wurden. Und wie auch zu Hause wurde mein Frauchen fast täglich von anderen nach meiner Rasse und Herkunft gefragt.

Mit meinem ruhigen Wesen, meiner ebenmäßigen Zeichnung, dem glänzenden Fell, aber auch durch meine eleganten Bewegungen fiel ich auf, egal, wohin wir kamen. Die Rasse war vielen bekannt, aber sie erinnerten sich meist erst, wenn Frauchen sagte: „Das ist so einer, mit dem der englische Adel zur Fuchsjagd reitet."

Höchst ungewöhnlich war für fast alle die Tatsache, dass es sich bei mir um einen Meutejagdhund handelte, der als Einzeltier gehalten, glücklich und sichtbar zufrieden war. Zwei Japaner hatten in einem ihrer Bücher uns Foxhounds als ideale Familienhunde beschrieben. Frauchen konnte dem voll beipflichten.

Manchmal kam es vor, dass ein Kind rief: „Oh, guck mal Mama, ein Riesenbeagle!"

Das kleine Missverständnis wurde schnell aufgeklärt und endete stets mit Streicheleinheiten für mich.

Nach ein paar Tagen waren sich meine Herrschaften einig, dass ich mich gut eingelebt hätte. Frauchen ging mit mir auf dem weitläufigen Grundstück ein wenig abseits, um mich mal wieder ohne Leine richtig laufen zu lassen. Hier würde ich schon nicht in den Wald ausbüxen. Was für anderen Unsinn sollte ich auf dieser großen Wiese sonst schon anstellen?

Da hatte sie die Rechnung aber gründlich ohne mich gemacht! Kaum war ich die Leine los, galoppierte ich mit fliegenden Pfoten, als wäre der Teufel hinter mir her, den Berg hinunter, zwischen den Karpfenteichen hindurch, quer über Biergarten und Parkplatz, um, wie ein geölter Blitz, in der Gaststube zu verschwinden.

Eine Strecke von bestimmt über hundert Metern, die ich in Rekordzeit hinter mich brachte.

Wenige Sekunden später tauchte ich wieder auf und sprang mit einem Satz in einen der Karpfenteiche. Ich wühlte mich durch den Uferschlamm, kam mühsam heraus - und nahm gleich noch ein Bad.

Da hatte sich bereits eine johlende, begeisterte Menge Halbwüchsiger am Ufer eingefunden, die das Ganze beobachtet hatten. Denen war das ein rechtes Gaudi. Kurz darauf stieg ich wieder aus dem schlammigen Wasser. Sofort wurde ich von allen umringt.

Dass das ein Fehler war, sollten sie Augenblicke später herausfinden, denn nun schüttelte ich mich kräftig. Die jungen Leute sahen plötzlich genau so schlammig aus, wie ich selber. Jetzt gab es erst recht Gelächter.

Während ich mich, wie der sprichwörtliche begossene Pudel, trollte, sprangen die Jungen und Mädchen mit voller Montur in den Teich. Die nun folgende Schlammschlacht wäre filmreif gewesen!

Wenig später brachten die Wirtsleute leere Salateimer, mit denen die ganze Rasselbande ihr Schlachtfeld zur Pferdetränke verlegte. Dort schütteten sie sich gegenseitig die mit Quellwasser gefüllten Eimer über die Köpfe. Irgendwann kamen dann sogar die Farben der Bekleidung wieder zum Vorschein.

Ich wurde als Held des Tages gefeiert. Abends machte die Geschichte unter allen Gästen die Runde. Mehrere, selbst Hundebesitzer, meinten, so schnell hätten sie noch nie einen Hund laufen sehen, höchstens einen Windhund. Was ich allerdings in der Gaststube wollte, habe ich niemandem verraten.

Es wurde allerdings gemunkelt, ich hätte neues Rennbenzin nachtanken wollen. Und außerdem, wer so flitzte, konnte nur gedopt sein.

Verbrachte ich die Frühstückszeit im Auto, so lag ich abends im Speisesaal unter der Eckbank. Nicht einen Mucks gab ich dabei von mir. Selbst die Wurstscheibchen, die mir heimlich vom Nachbartisch zugesteckt wurden, verspeiste ich fast lautlos. Das ältere Ehepaar, das dort saß, hatte seinen eigenen Hund wegen dessen hohen Alters bei den Kindern zu Hause gelassen. Nun verwöhnten sie mich.

Ich blieb übrigens von den anderen Gästen im Speisesaal völlig unbemerkt. Nur einmal bekamen die anderen Urlauber mit, dass ein Hund anwesend war, nämlich als wir am Abend vor der Abreise zeitiger den Tisch verließen.

Sonst guckte ab und zu höchstens mal ein Stück Schwanzspitze unter der Bank hervor, was nur der Kellner sehen konnte. Der aber nahm es mit Humor.

Wir beide mochten uns überhaupt sehr. Ganz deutlich wurde es abends auf der Terrasse. Ich suchte mir einen Platz aus und rührte mich nicht von der Stelle. Dem Kellner machte es wirklich Spaß, statt drum herum zu gehen, einfach über mich hinweg zu steigen. Er wollte testen, wie lange ich das Spiel mitmachen würde. Ich blieb seelenruhig liegen, schlief etwas später einfach ein. Dieser Punkt ging also komplett an mich.

Ich wartete jeden Tag sehnsüchtig auf meinen Freund mit dem Tablett und war immer sehr enttäuscht, wenn eine andere Bedienung kam. Dafür war die Freude beim nächsten Wiedersehen umso größer, wie mein Wedelschwänzchen deutlich zeigte.

Das Leben von seiner schönsten Seite

Aber auch der schönste Urlaub geht irgendwann zu Ende. So zog bald wieder der Alltag ein. Jeden Morgen fünf Uhr große Runde mit Frauchen, danach gemeinsames Frühstück. Das heißt, ich lauerte die ganze Zeit auf meiner Matte, bis Frauchen das Schälchen Müsli geleert und für mich mit einem Milchrestchen auf den Fußboden gestellt hatte.

Wenn sie dann zur Arbeit ging, gab sie mir zwei Stückchen Hundekuchen, nebst einer Kaustange, was ich alles auf meine Decke im Wohnzimmer trug, um danach sofort auf mein Sofa zu steigen. Dort wartete ich, bis Frauchen, der Mittelpunkt meines Lebens, endlich wieder nach Hause kam. Nur zum Trinken verließ ich manchmal meinen Platz, auf dem ich fast den ganzen Tag verschlief.

Kam Diana eher als Frauchen nach Hause, so ging sie mit mir spazieren oder im Wald joggen. Das „richtige Leben" ging aber immer erst los, wenn ich mauzend und kuschelnd mein Frauchen begrüßen konnte. Zuerst zeigte ich ihr, dass ich meine Leckereien tagsüber gut bewacht hatte, um sie ihn ihrem Beisein aufzufressen.

Anschließend wanderte ich freudig, die unmöglichsten Laute von mir gebend, im Flur auf und ab, ungeduldig auf Halsband und Leine wartend. So verhielt ich mich aber nur bei meinem Frauchen, sehr zum Neid der anderen Familienmitglieder.

Mit ihr unterhielt ich mich auch regelrecht, indem ich immer versuchte, den gleichen Tonfall wie sie zu treffen. Frauchen und Wauwauchen – das perfekte Chaos-Team. Uns beide gab es buchstäblich nur im Doppelpack. Wenn sie in der Nähe war, befolgte ich die Befehle der anderen auch erst, nachdem ich mich bei Frauchen über die Richtigkeit des Befohlenen rückversichert hatte.

Ging sie aus dem Zimmer und hatte es mir nicht gesagt, suchte ich sie nach wenigen Augenblicken in der ganzen Wohnung. So hatte sie sich schließlich angewöhnt, mir immer Bescheid zu geben. Bald konnte ich genau, zwischen „Frauchen kommt gleich wieder" und „Frauchen geht auf Arbeit" unterscheiden.

„Frauchen kommt dann wieder – sei ein braver Hund" hieß, dass es etwas länger dauern werde, bis sie wieder da sei, aber nicht so lange wie „auf Arbeit".

Herrchen, der mich inzwischen auch sehr ins Herz geschlossen hatte, machte sich immer einen Spaß daraus Frauchen aufzuziehen, indem er scherzhaft alberne Sprüche über mich sagte. Er wusste genau, dass sie dann jedes Mal hochging wie eine Rakete.

Einmal meinte er zum Scherz, dass so ein alter Hund einfach nichts dazu lernen könne. Stunden später führten Frauchen und Hund vor, wie man Pfötchen gibt, um dafür Leckerchen zu erhalten. Herrchen war perplex und Frauchen stolz, „wie eine Spanierin".

Danach kam es manchmal vor, dass ich dastand und „Pfötchen geben" in der Luft machte, weil ich eine andere Leckerei erhalten, als ich mir erhofft, hatte. Und mit treuem Blick tat ich es so lange, bis sich endlich jemand erbarmte und das Fresserchen umtauschte. Bei Frauchen gab es dann zusätzlich immer ein Küsschen mitten auf die Stirn.

Überhaupt liebte ich solche Berührungen von Frauchen sehr. Gern saß ich, Stirn an Stirn, mit ihr auf dem Sofa, wobei ich mir zusätzlich noch die Ohren kraulen ließ. Auch Wange an Wange reiben rangierte ganz hoch im Kurs.

Wenn Herrchen in der Küche saß und in Spiellaune war, durfte ich ihm die Vorderpfoten auf die Oberschenkel stellen. Dann machten wir beide immer eine Art Kraftprobe. Herrchen versuchte aufzustehen und ich arbeitete mich mit meinen Pfoten immer höher und drückte ihn mit meinem ganzen Gewicht in voller Länge auf die Bank.

Sah stets sehr lustig aus, wenn der Hund wieder mal gewonnen hatte und sein Herrchen hilflos in Rückenlage auf der Bank festhielt. Als Belohnung gab es dann ein kleines Stückchen mageren Käse.

Ich hatte endlich begriffen, dass ich ein voll berechtigtes Familienmitglied geworden war. Ich begann, Ruhe und Gelassenheit auszustrahlen.

Ein Nachbar sagte einmal: „Er erinnert in seinem Auftreten an einen alten englischen Lord."

„Der gute Mann hat völlig recht", nickte Frauchen.

Wenn seine Lordschaft, Sir Nigel, seine Ländereien inspizierte – sprich im Garten jedes Beet und jeden Winkel eingehend untersuchte – ließ er sich durch nichts mehr aus der Ruhe bringen. Anschließend lag er regelrecht würdevoll und majestätisch auf der Wiese. Er beobachtete „sein Volk" bei der Gartenarbeit.

Selbst beim Fressen ging ich nun mit Ruhe und Bedächtigkeit zu Werke. Hatte ich bisher alles sofort in mich hinein geschlungen, so trug ich jetzt immer die besten Stücke auf meinen Liegeplatz, um sie viel später ganz in Ruhe zu verspeisen. Manchmal zeigte ich sie vorher noch mal seinem Frauchen, um ihr zu sagen: „Guck mal, was ich wieder Feines aufgehoben habe."

Rief Herrchen nach mir, und ich war gerade wieder dabei mit der Pfote im Napf zu rühren, um an die besten Stücke zu gelangen, dann sagte Frauchen immer: „Seine Lordschaft speist gerade, du musst noch warten."

Einmal saß Frauchen neben mir auf dem Sofa, als ihr fürchterlich der Magen zu knurren begann. Ich überlegte kurz, stieg von meinem Lieblingsplatz herunter und brachte einen kleinen Knabberknochen herbei, den ich meinem Frauchen auf den Schoß legte. Sie war vor Rührung völlig „hin und weg".

Es war zu einem allabendlichen Ritual geworden, dass sie sich mit mir einen „Bunten Teller" teilte. Darauf lag immer ein Stückchen Käse, etwas trockenes Brot und diverses Gemüse.

Manchmal, wenn mir der Magen „grummelte", bevor die übliche Zeit gekommen war, hatte sie mir ein kleines Häppchen gegeben. Dass ich allerdings die Ursache des Geräusches bei Frauchen mit Futterbringen verbinden würde, hätte sie nicht mal zu träumen gewagt. An diesem Abend fiel die Ration für mich natürlich besonders lecker aus.

Dann folgten immer ausgiebige Schmuseeinheiten. Zuweilen kam es vor, dass ich gar kein Ende mehr finden konnte und am liebsten noch ewig weiter gekuschelt hätte. Also folgte ich ihr auf Schritt und Tritt und schob jede Arbeit, die sie in die Hand nahm, mit der rechten Vorderpfote beiseite. Strickzeug nehmen – Hund Vorderpfote drauf – weg damit. Laptop öffnen – Hund Pfote drauf – zu „der Laden"! Uns beiden machte dieses Spiel allerdings auch viel Spaß.

Hundchen probierte immer neue Tricks aus, um etwas zu unterbinden und Frauchen amüsierte sich, auf welch verrückte Ideen ich kam. Knifflige Aufgaben machten mir dabei besondere Freude.

Immer wieder dachte sie dann an die ersten Tage mit mir zurück. Wie heruntergekommen, wie krank ich damals war, wie ängstlich und scheu! Jetzt stand vor ihr ein kräftiger Foxhound-Rüde mit glänzendem Fell, leuchtenden Augen, der voller Lebensfreude war.

Offensichtlich hatte es sich ausgezahlt, dass sie immer durch sehr genaues Beobachten herausgefunden hatte, was für mich in der jeweiligen Situation am besten war. Ich war nun mal ein sehr sensibler Hund, der seinerseits jede Regung seiner Familienmitglieder genau registrierte, um sich auf jeden anders einzustellen.

In der Hierarchie hatte ich mich problemlos hinter Diana eingereiht. Für mich war sie ein älteres „Geschwisterkind". Wenn kein anderer da war, akzeptierte ich voll alle ihre Befehle und hätte nicht gewagt aufzumucken, ließ mir aber gleichzeitig nicht alles von ihr gefallen. Wenn sie zu grob mit mir umging, verließ ich sofort das Zimmer. Ich ignorierte dann auch alle Versuche ihrerseits, wieder „lieb" zu sein.

Wurde ich von Herrchen geneckt, so ließ ich es ergeben über mich ergehen, war aber froh, wenn ich die erste Möglichkeit fand, ganz schnell das Weite zu suchen.

Bei Frauchen wurde ich jedenfalls nie grob angefasst. Selbst die ersten Versuche mit Ohren putzen oder Krallen schneiden waren ganz sacht verlaufen. Es hatte zwar etwas länger gedauert, weil sie mich erst überzeugen musste, dass mir nichts Böses passieren würde, aber es war alles ohne Zwang gegangen.

Frauchen vertraute ich voll und ganz und wusste, dass sie mir nie ohne triftigen Grund wehtun werde.

Außerdem hatte ich gemerkt, dass Frauchen ihre ganze freie Zeit mit mir verbrachte. So hielten wir beide immer Sichtkontakt miteinander. Saß sie am Computer, überwachte ich das Ganze vom Sofa aus oder ich legte mich direkt neben den Stuhl, auf dem sie saß. Ging sie in die Küche, folgte ich ihr, um auf meiner Matte sitzend, in ihrer Nähe zu sein. Hantierte sie im Bad, so lag ich meistens in der Tür vom Wohnzimmer und wartete.

Das Badezimmer betrat ich nur ungern, denn dort war gefliest. Ich rutschte dort leicht aus. Vielleicht erinnerte es mich auch zu sehr an früher, an den langen kahlen Gang und den Steinfußboden in meiner Box, der meine Gelenke so furchtbar aufgescheuert hatte. Frauchen hatte mir sogar schon eine Matte ins Bad gelegt, damit ich bei ihr sein konnte, wenn sie beim Putzen war, aber ich fühlte mich dort immer unbehaglich, so hatte sie sie wieder entfernt. Außerdem wollte sie mich nicht zwingen an einem Ort zu bleiben, den ich nicht mochte.

Ich hatte, auch nach mehr als drei Jahren bester Pflege bei meinen Herrschaften, noch so einige Andenken aus der Vergangenheit behalten. Eine große Narbe, von einem der vielen alten Hundebisse, über dem rechten Auge, eine erbsengroße kahle Stelle am Hals, wo das große Eitergeschwür gewesen war und Arthrose im linken Hinterbein.

Die jahrelange Fehlernährung und unzureichende Unterbringung hatte eben doch Spuren hinterlassen, auch wenn die erst auf den zweiten Blick zu sehen waren. Besonders das Bein machte mir oft zu schaffen, es zitterte bei Anstrengung. Ich versuchte es zu schonen. Auch knirschte es bei jeder Bewegung im Kniegelenk. Frauchen lief es dann immer eiskalt den Rücken hinunter.

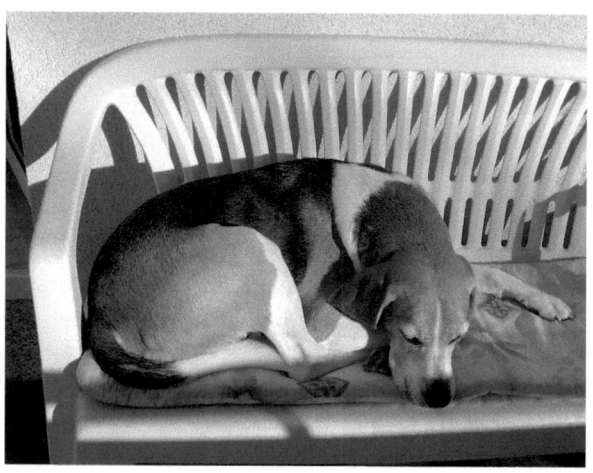

Verrückte Bekanntschaften

Am wohlsten fühlte ich mich im Garten, wenn ich mir, stundenlang in der Sonne liegend, den Pelz wärmen konnte. An besonders heißen Tagen buddelte ich mir zwischen zwei Ginstersträuchern ein Loch in die kühlere Erde. Ich lag dann wohltemperiert, während ringsum alle heftig schwitzten.

Den gelben Ginster hatte ich auch schnell ins Herz geschlossen, weil der ölige Geruch die Mücken vertrieb. Ich scheuerte meinen Körper so lange an den Zweigen, bis er den intensiven Duft der Pflanze angenommen hatte. Das brachte mir dann auch noch unfreiwillig den Titel „kleiner Strauchdieb" ein.

Zu Hause saß ich abends gern mit Herrchen auf dem Balkon, auf der weißen Kunststoffbank. So konnten wir die letzten Sonnenstrahlen einfangen. Frauchen hatte extra für mich eine dicke Polsterauflage besorgt. Die lag fest und glitt nicht weg, wenn ich hinauf und herunter sprang.

Auch hatte ich von hier aus einen bequemen, guten Überblick über die ganze Nachbarschaft. Ich konnte ungestört und ungesehen andere Hunde beobachten. Eigentlich „saß" ich nie. Das hatte mir von Anfang an im Knie Probleme bereitet. Ich rutschte stets nach wenigen Sekunden mit den Vorderpfoten weg, um mein Gelenk in eine andere Stellung zu bringen, die weniger schmerzhaft war.

Frauchen hoffte so sehr, mir irgendwie helfen zu können. Schließlich wollte sie noch viele Jahre mit mir verbringen. Ich sollte bei bester Gesundheit steinalt werden. Hilfe kam von unerwarteter Seite. Ihre Schwester empfahl ihr einen Katalog, in dem es unter anderem Naturheilmittel für Hund und Katze gab.

Sofort griff sie nach diesem Strohhalm und bestellte für mich eine große Packung Kapseln für die Gelenke. Schon nach wenigen Wochen stellten sich erste Erfolge ein. Ich nahm immer seltener die Schonhaltung für das Bein ein. Sogar das Knirschen verschwand im Laufe der Zeit fast ganz.

Die vielen Narben meiner Seele würden aber niemals ganz verschwinden.

Oft trafen wir Pferde mit Reitern im Wald. Immer freute ich mich, schwanzwedelnd lief ich den Tieren entgegen. Nicht so an diesem Tag. Diesmal war ein schwarz-weiß geschecktes Pferd dabei, welches ganz vorn ging.

Jäh blieb ich stehen, zitterte am ganzen Körper, begann voller Angst zu jaulen. Plötzlich stürzte ich los, um den Reiter vom Pferd zu zerren. Frauchen hatte von der ersten Sekunde an geahnt, was in mir vorging und schon die Leine kurz genommen.

Trotzdem gelang es ihr nur mit äußerster Kraftanstrengung mich tobenden Hund zu bändigen und in den Wald zurück zu ziehen, weit weg von den Reitern. Es dauerte lange, bis ich mich wieder beruhigt hatte. Immer wieder, mich wie gehetzt umsehend, heulte ich auf.

Frauchen ging auf einmal ein ganzer Kronleuchter auf. Damals, als sie mich kaufte, hatte sie, quer über meinen ganzen Rücken verteilt, dicke Striemen unter dem Fell gefühlt. Jetzt war sie sicher, dass ich von einem gefleckten Reitpferd herunter mit der Peitsche geschlagen worden war. So wie es aussah, bestimmt nicht nur ein Mal. Meine Reaktion war zu drastisch.

Nun konnte sie sich auch einen Reim darauf machen, weshalb ich am Anfang ständig vor langen, dünnen, kahlen Ruten zurückschreckte, selbst dann, wenn diese auf dem Boden lagen.

Bei einer späteren Begegnung mit dem schwarz-weißen Pferd hatte ich zwar meinen Irrtum über die Identität von Ross und Reiter erkannt, war aber mit einem Satz hinter Frauchen und versteckte mich. Die Angst vor Schlägen saß viel zu tief drin.

Bei manchen Aktionen „von oben" nahm die Sache allerdings ein lustiges Ende. Eines Tages schwebte ein großer, grüner Heißluftballon im Tiefflug über die blühenden Wiesen. Frauchen und ich konnten sogar die Gesichter der Passagiere erkennen. Um vor dem nahen Wald wieder Höhe zu gewinnen, ließ der Ballonfahrer den Brenner an. Interessiert beobachtete ich die ganze Sache.

Plötzlich, genau über mir, zischte das „grüne Ungetüm" wieder. Unwillig darüber, ohne

Schuld angezischt zu werden, begann ich, der sonst so ruhige Hund, verhalten zu knurren. Wie zur Antwort fauchte es noch einmal. Ich blieb steif stehen, regte keinen Muskel, plötzlich ein lang gezogenes Wolfsgeheul ausstoßend.

Das sorgte erst einmal für Gelächter von oben, aus dem Korb des Luftgefährtes. Etwas irritiert hielt ich inne, bevor ich wieder anfing zu knurren.

Inzwischen verschwand der Ballon hinter einem Hausdach. Ich, stolz wie ein Ritter nach dem Turnier, schließlich glaubte ich, den Ballon vertrieben zu haben, ließ mich von Frauchen loben, als der bunte „Hundeschreck" etwas weiter weg noch einmal am Himmel erschien. Natürlich wieder sehr geräuschvoll.

Die ersten Bäume des Waldes kamen schließlich immer näher. Recht schnell für den noch tief fliegenden Ballon. Das war zuviel, ich war außer mir, bellte und jaulte gleichzeitig. Ich wollte mich gar nicht mehr beruhigen. Da wagte es dieses komische Etwas doch wirklich, noch mal zu erscheinen! Regelrecht missgelaunt vor mich hin meckernd, trabte ich schließlich hinter Frauchen her, wobei ich ab und zu vorsichtig in die Richtung schielte, in die der Ballon verschwunden war.

So kam es also, dass ich ab sofort alles, was flog und groß war, besonders genau beobachtete. Grüne Luftfahrzeuge standen auf meiner persönlichen „Abschussliste" jetzt ganz oben.

Andersfarbige Ballons ignorierte ich aber weiterhin, denn die hatten mich ja nicht von oben geärgert.

Im Regelfall ließ ich mich aber nicht aus der Ruhe bringen. Unangenehmen Situationen ging ich lieber aus dem Weg und betrachtete das Ganze aus der Ferne.

Bei Familienfeiern kam es schon mal vor, dass ich im Trubel der umhereilenden Personen versehentlich getreten wurde. Ich stand dann, ohne einen Mucks von mir zu geben, einfach auf und legte mich auf einen anderen, ruhigeren Platz. Natürlich wurde ich vom jeweiligen Verursacher sofort gestreichelt. Ich nahm die Entschuldigung schwanzwedelnd an.

Manchmal nutze ich natürlich die Gunst der Stunde, ließ mich als kleine Entschädigung sehr ausgiebig umschmusen, in dem ich dem reuigen Sünder einfach eine Weile nicht mehr „vom Pelz" ging. Meist sprang ja auch noch eine Leckerei dabei heraus, weil es jedem wirklich leidtat, mich armen „kleinen" Kerl getreten zu haben, der ich einfach nur zufällig am falschen Platz gelegen hatte.

Meine Art, die Dinge zu betrachten, brachte mir einmal ein ganz besonderes Erlebnis ein. In der Nachbarschaft saß zuweilen eine Familie mit mehreren Meerschweinchen auf der Wiese. Ich blieb stehen und schwänzelte von Ferne die kleinen Tierchen an, die so possierlich vor sich hin „murmelten".

Eine ganze Weile schaute ich mit Frauchen zu. Dann setzte ich vorsichtig eine Pfote vor die andere, mich so ganz sacht den niedlichen Nagern nähernd. Die Nachbarn ließen mich gewähren, wussten sie doch, dass ich nichts Böses tun würde.

Ich beschnüffelte den Käfig und stubs war ich Nase an Nase mit einem der knopfäugigen Fellbündel. Hingerissen legte ich mich vor den Käfig, das Treiben hinter den Gitterstäben genau beobachtend. Es dauerte nicht lange, da krochen die Meerschweinchen aus der Tür des Käfigs, um in einem davor stehenden flachen Korb zu verschwinden.

Sofort war ich zur Stelle. Ich steckte meinen Kopf mitten zwischen die Tierchen. Wir berochen uns gegenseitig, waren wohl auch ganz einverstanden mit dem jeweiligen Gegenüber. Ich konnte gar kein Auge mehr von dem Korb wenden. Ich war einfach überwältigt.

Und da alle Anwesenden die Szene beobachteten, hatte auch keiner gemerkt, dass sich der kleine schwarze Kater der Nachbarn leise angeschlichen hatte und genau neben mir stand. Die Samtpfote schlich um den Korb herum, bis sie genau zwischen diesem und mir stand.

Ich hatte gar keine Zeit für die Miez. Ich musste Meerschweinchen beobachten und bewachen. Kater Berti setzte sich einfach mit daneben. Er tat das Gleiche.

Nach einer ganzen Weile wurde es still in dem Körbchen. Die kleinen Nager waren wohl eingeschlafen. Das irritierte mich nun doch sehr. Kein Gewusel mehr, kein Ton, ich schaute mein Frauchen erschrocken an, sah noch mal in den Korb, dann wieder zu seinem Frauchen.

Unruhig begann ich, auf meinem Platz hin und her zu rutschen. Plötzlich entfuhr mir ein leises „Wuff" - schon war wieder Leben im Weidengeflecht. Alle mussten lachen – bis auf Berti.

Der war zutiefst erschrocken auf und davon gerannt. Das tat aber der Freundschaft von uns beiden unterschiedlichen Tieren keinen Abbruch. Wir freuten uns weiterhin, wenn der andere erschien, uns immer gegenseitig wohlwollend beschnüffelnd.

Überhaupt entwickelte ich zu anderen Tierarten ein besonderes Verhältnis. Einmal, im späten Frühjahr, als die Rehkitze noch ihr weiß getupftes Fell trugen, standen zwei von ihnen wenige Meter vor uns auf dem Waldweg. Ich hielt inne, freudig mit der Rute wedelnd.

Plötzlich erschien aus dem Unterholz ein Wildkaninchen und hoppelte genau auf die beiden Kitze zu. Frauchen glaubte ihren Augen nicht zu trauen. Sie wusste nicht, welches der anwesenden Tiere sie zuerst beobachten sollte. Ihr „Jagdhund" schien jegliche Jagd völlig vergessen zu haben. Er schaute lautlos, andächtig und zugleich interessiert dem Treiben der drei Waldbewohner zu.

Als der Mümmelmann den Rehen zu nahe kam, flüchteten sie in den Wald, kehrten aber sofort wieder auf den Weg zurück, um nach dem Störenfried zu schauen. Das Häschen drehte sich um, lief wieder auf die beiden anderen zu. Das Spiel begann von vorn. Mehrere Male ging das nun so, bis der sich drehende Wind meine Anwesenheit verriet und das lustige Ringelspiel beendete.

Langsam und vorsichtig näherten wir uns der Stelle, an der sich gerade noch die kleinen Kobolde geneckt hatten. Mehrere Minuten lang untersuchte ich die Stelle Zentimeter für Zentimeter, wobei ich öfter den Kopf hob und Witterung aus dem Wald aufnahm. Immer wieder schaute ich mein Frauchen an, um ihr zusagen: „Hol doch noch mal die Tiere zurück, die waren so lustig."

Viele Monate später trafen wir an genau der gleichen Stelle einen jungen Rehbock, der in greifbarem Abstand vor uns auf dem Weg entlanglief, sich zwar mehrmals umschaute, aber sich nicht weiter von uns beiden stören ließ.

Frauchen war die Sache ziemlich unbehaglich, der Bock hätte ja auch Tollwut haben können. Ich amüsierte mich wieder köstlich, schwänzelte das Reh freundschaftlich an und wäre gern noch näher heran gegangen.

Diese Gelegenheit kam im darauf folgenden Jahr. Seit der kleinen „Showeinlage" im Wald besuchte ich mit meinem Frauchen nun mindestens einmal in der Woche die Rehe, welche sich immer zur selben Tageszeit zum Äsen auf der Lichtung einfanden.

In etwa fünfzehn Meter Abstand zum Weg standen sie meist grasend zwischen den Bäumen. Zuerst beäugten sie argwöhnisch die neugierigen Zaungäste, wandten sich aber gleich wieder ihrem Mahl zu.

Der bewusste Tag der „unheimlichen" Begegnung begann eigentlich wie immer. Nur diesmal waren wir etwas später aufgebrochen. Die Rehe waren schon weg. Vielleicht hatte sie aber auch ein anderer Hund verscheucht. Es kam des Öfteren vor, dass große Hunde frei durch den Wald rannten, alles jagend, was nicht bei „drei" auf den Bäumen war.

Ich war enttäuscht, dass ich meine Freunde heute nicht sehen konnte. Also stöberte ich zum Zeitvertreib am Bachufer herum. Mit einem undefinierbaren Geräusch schoss da etwas Großes aus dem Wasser die Böschung herauf, blieb neben dem Bach stehen und erschreckte mich arglosen Schnüffler mitsamt meinem Frauchen fast zu Tode.

Es war unser alter Bekannter – der Rehbock. Alle drei hatten wir Mühe, die Situation zu begreifen. Ich hatte zwar das Tier gerochen, war aber nicht auf diese Art „Begrüßung" gefasst gewesen. Frauchen dachte im ersten Moment an eine Deutsche Dogge oder einen Dobermann. Sie sah mich schon als Beute.

Der Rehbock hingegen war aufgestöbert worden, sah keinen Ausweg mehr und wollte sich nur noch retten. Er blieb aber sofort stehen, als er mich erkannte. So nah waren sich wohl noch nie in freier Wildnis Hund und Reh gekommen.

Nur wenige Zentimeter trennten uns beide. Frauchen klopfte das Herz bis zum Hals. Der Schreck saß ihr tief in den Knochen. Das Reh hatte sich am schnellsten erholt, sprang über das schmale Bächlein. Es beobachtete vom anderen Ufer aus, aus sicherer Entfernung, was es gerade angerichtet hatte, um dann nach Rehbockart mit bellenden Lauten seinem Unmut über die Störung Luft zu machen.

Noch eine ganze Weile hörten wir ihn im Wald schimpfen. Da konnte auch Frauchen wieder schmunzeln. Es hatte sich wohl schon im Wald herumgesprochen, dass ihr Foxhound ein Nicht-Jagd-Hund aus Überzeugung war, dem man ruhig mal näher auf den Pelz rücken konnte.

Nur Füchse und Wildschweine konnten sich da nicht so sicher sein. Deren frische Fährten ließen meine Augen stets aufleuchten. Dann gab es nur schwer ein Halten. An Tagen solcher Begegnungen fühlte sich Frauchen wie ein Schwerathlet. Die Ohren schien ich dann immer zu Hause gelassen zu haben, weil ich jeden Befehl ignorierte.

Manchmal legte ich mich zusätzlich noch mit weit ausgebreiteten Pfoten auf den Boden, um zu verhindern, dass mich mein Frauchen in eine andere Richtung zog. Hatte sie es dann irgendwie geschafft, mich von der Spur abzubringen, lief alles wieder wie am Schnürchen.

Besonders beim Pilzesuchen musste sie aufpassen, möglichst nicht in die Nähe der Wildscheinsuhlen zu geraten. Ich hätte sonst alles andere als Pilze im Kopf gehabt. Solchen Zeitvertreib konnte ich sowieso nicht leiden.

Ich spurtete immer im Eiltempo vor Frauchen her, um bloß bald aus dem Unterholz raus zu sein. Schließlich war ich für übersichtliche weite Wiesen und nicht für Dickicht „gemacht"!

Aber sie wusste sich zu helfen, sie versprach mir für gefundene Pilze ein Eis aus der Waldgaststätte. Den Satz „Frauchen hat's versprochen" kannte ich und wusste auch um die Bedeutung und Eis liebte ich ja auch ganz besonders. Im Laufe der Zeit hatte ich gelernt, dass ich das Versprochene auch wirklich immer bekam, nur musste ich meist noch ein Weilchen warten.

Aber ich kleiner Pfiffikus nutzte auch jede Möglichkeit, um ja recht schnell meine Kugel Eis zu erhalten.

Einmal suchte ich ganz fix einen Pilz. Kaum lag der im Korb, machte ich kehrt und wollte in Richtung Gasthaus laufen. Frauchen musste lachen. Sie ließ diesmal die Pilzsucherei eben ausfallen. Schließlich wusste sie ganz genau, wie ungern ich durch das Knieholz kroch.

Meist ging ich nur aus Sympathie mit meinem Frauchen quer durch den Busch. Ich passte mich den Situationen schnell an, versuchte immer für mich das Beste daraus zu machen. Richtig ratlos hatten mich meine Herrschaften selten erlebt.

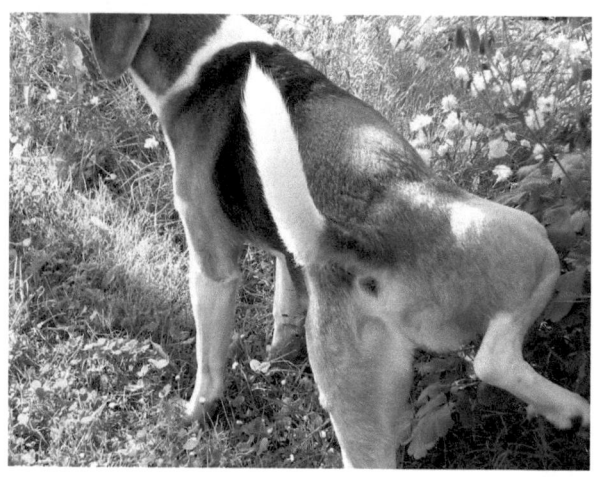

Dunkle Wolken im Paradies

Am schlimmsten war es für mich, als Diana einen Studienplatz in weiter Ferne bekam und mit Sack und Pack davon zog. Das Einpacken ihrer ganzen Habe in Kartons hatte ich noch mit Neugier verfolgt, aber als die Kartons, mitsamt Dianas Möbeln, eines Tages auf ein Lastauto verladen wurden, begann es mir zu dämmern, dass etwas Außergewöhnliches im Gange war. Am Ende blieben nur mein Schlafsofa, ein Schrank und ein kleiner Schreibtisch im leeren Zimmer zurück.

Ich hatte oft für mehrere Tage auf Dianas Gesellschaft verzichten müssen, aber immer gewusst, sie würde bald wieder da sein. Diesmal fühlte ich die Endgültigkeit des Abschieds.

Traurig trottete ich durch den fast leeren Raum. Tagelang kuschelte ich abends besonders intensiv mit Frauchen und ließ mich trösten. Bei jedem Klingeln an der Wohnungstür hoffte ich winselnd auf Dianas Rückkehr. Ich konnte mich nur schwer beruhigen, wenn Fremde vor der Tür standen. Aber irgendwann hatte ich mich an die neue Lage gewöhnt, das Leben ging fast wieder seinen gewohnten Gang.

Bis …, ja bis die Handwerker kamen und ein ganzes Zimmer ausgeräumt werden musste.

Schon beim Anblick der leeren Kisten, welche Frauchen mitgebrachte hatte, packte mich armen Kerl das kalte Grausen. Jetzt ging ich ihr nicht mehr von der Pelle. Voller Panik, auch noch mein Frauchen, mein Ein-und-Alles, zu verlieren, fand ich kaum noch eine ruhige Minute. Stundenlang saß ich auf der Schwelle des Zimmers und stellte mit Schrecken fest, dass alles wie bei meiner Diana begann.

Erst füllten sich die großen, braunen Dinger aus Pappe, hinterher verschwanden die Möbel. Vorübergehend mussten Herrchen und Frauchen jetzt im Wohnzimmer auf Campingliegen schlafen. So blieb auch ich über Nacht dort und fühlte mich geborgen.

Hier konnte ich auch genauestens darüber wachen, dass mir niemand aus meinem Rudel ungesehen abhandenkam. Es war aber erst wieder alles im Lot, als die Handwerker weg und alle Sachen am alten Fleck waren.

Etwas später richtete sich Herrchen im „Hundezimmer" seine Modellbahnecke ein. Spätestens da war ich armer, geplagter Schnuffi endgültig beruhigt. Allerdings hatte das Schicksal etwas anderes beschlossen.

Es sollte noch viel schlimmer kommen. Wenige Monate nach dieser ganzen Aufregung tauchten plötzlich wieder große, braune Kisten auf, diesmal in allen Räumen der Wohnung. Überall standen sie herum und türmten sich zu Bergen auf, die mich armen, völlig durcheinandergeratenen Hund zu bedrohen schienen.

Völlig vergeblich, versuchte mich Frauchen zu beruhigen. Sie sprach mit mir, sie streichelte mich, sie nahm mich immer und überall mit hin, sobald sie von der Arbeit kam. Ich konnte es ja nicht verstehen, dass ich mit ihr und Herrchen zusammen in ein neues Haus ziehen würde.

Für mich, das völlig verängstigte Tier, stand fest: „Nun gehen alle weg – und ich muss für immer allein sein!" Ich begann mich zu verändern, schlief nachts unruhig.

Beinahe jeden Morgen fand Frauchen ein Pfützchen im Wohnzimmer. Dass das bereits der Beginn einer ganz heimtückischen Krankheit war, stellte Frauchen erst sehr viel später fest. Ich versuchte jedenfalls mit allen Mitteln meine Welt zu retten, auch dadurch, dass ich „mein" Zimmer markierte.

Als ich schließlich die Vergeblichkeit meiner verzweifelten Taten erkannte, ergraute das Fell in meinem Gesicht innerhalb weniger Tage. Es war offensichtlich, dass ich furchtbar litt. Für mich war das Paradies, das sich einst so unverhofft geöffnet hatte, zerbrochen und zum Vorhof der Hölle geworden.

Nur auf den vielen Spaziergängen mit meinem geliebten Frauchen vergaß ich für Stunden meine Seelenqual. Dann lebte ich auf, stöberte vergnügt zwischen Bäumen und Sträuchern umher, jeden Tag das Leben neu entdeckend. Auf dem Heimweg lief ich immer schneller, ich hatte Angst, zu spät zu kommen und eine leere Wohnung vorzufinden. Sofort inspizierte ich alle Räume. Ich war stets erleichtert, wenn ich endlich das Wohnzimmer erreicht hatte und mein Sofa noch da war.

Dann kam der Umzugstag. Die Auftakttour musste Frauchen selber fahren. Frank, der älteste Sohn meiner Herrschaften, war als erster Helfer eingetroffen. So luden sie gemeinsam Stück für Stück Fernseher, Computer und andere Technik bis unter das Dach in den Kombi.

Das zitternde Bündel Angst in Gestalt eines Hundes lag, dies voller Panik beobachtend, auf seinem Sofa. Dann kam Frauchen wie immer zu mir und verabschiedete sich mit: „Ich komme gleich wieder".

Kaum war die Wohnungstür in Schloss gefallen, schnellte ich von meinem Platz, rannte, wie von Furien gehetzt, auf den Balkon. Ich konnte gerade noch sehen, wie das Auto vom Hof auf die Straße bog. Voller Sorge beobachtet mich Herrchen, und, dass ich mich nicht mehr beruhigen ließ. So hatte er mich noch nie erlebt.

Es war ein stummer Aufschrei und ein stummes Leiden. Am ganzen Körper bebend schleppte ich mich ins Wohnzimmer, wobei ich vom Balkon bis auf das Sofa eine Urinspur hinterließ. Wie betäubt lag ich, mit stumpfem Blick, nahm meine Umgebung nicht mehr wahr. Herrchen war mir gefolgt, kraulte mir vorsichtig das Fell, wobei er leise auf mich einsprach. Bange Sekunden vergingen, ehe eine Reaktion erfolgte und sich mein rasender Herzschlag etwas verlangsamte.

Herrchen hoffte inständig, dass Frauchen bald wieder kommen würde. Noch mehr hoffte er, dass der Möbelwagen Verspätung habe. Jetzt war ihr kleiner Liebling wichtiger als alles andere auf dieser Welt.

Immer wieder flüsterte er mir ins Ohr: „Frauchen kommt gleich wieder. Gleich ist sie wieder da".

Endlich hob ich ein wenig den Kopf und schaute mein Herrchen an. Dann schob ich ihm mein Schnäuzchen unter die Hand: „Stimmt das wirklich? Kommt mein Frauchen wirklich wieder?"

Herrchen drückte mich an sich, ihm war bewusst geworden, wie sehr auch er an mir hing. Frauchen würde es ihm nie verzeihen, wenn ihrem „Schnuffilein" jetzt etwas zustieße.

Nach einer halben Stunde, die für Herrchen zu einer Ewigkeit geworden war, kam Frauchen endlich zurück. Noch etwas wackelig auf den Beinen, tapste ich ihr entgegen, jämmerlich in höchsten Tönen fiepend. Sie erschrak fürchterlich, als sie meinen Zustand bemerkte.

Herrchen berichtete kurz, was vorgefallen war und beide beschlossen, dass ich bei jeder Tour mitfahren sollte. Anders wäre es auch nicht gegangen. Ich klebte förmlich, bei jedem Schritt Körperkontakt haltend, an meinem Frauchen.

Ihr kam eine geniale Idee. Sie ließ mich ins Auto steigen, wo ich mich schon immer geborgen gefühlt hatte. Der Trick funktionierte. Ich beobachtete alles aus sicherer Entfernung. Hier war ich gewiss, dass das Auto nicht ohne mich und Frauchen wegfahren würde. Das hatte es schließlich noch nie getan, wenn ich darin wartete! Außerdem ließen sich an diesem trüben Aprilmorgen, der eher kalt als warm war, die Temperaturen auf dem Rücksitz locker aushalten.

Ab und zu erschien Frauchen, streichelte mich, sprach mit mir. Dann kam der große Augenblick. Frauchen und Frank stiegen mit ins vollgepackte Auto. Los ging die Fahrt.

Am Ziel stieg ich, ganz vorsichtig in alle Richtungen schnüffelnd, aus. Eine völlig fremde Umgebung empfing mich. Zu beiden Seiten der Straße Häuser und kleine Vorgärten, viele, viele Autos, in regelmäßigen Abständen Bäume, die alle nach Hund dufteten. Nach viel Hund, nach ganz, ganz viel Hund!

Frauchen zog einen Schlüssel aus Tasche, öffnete damit eine große doppelflügelige Haustür. Ich zögerte. Sollte ich wirklich da hineingehen? Aber mit Frauchen an meiner Seite konnte wohl nichts Schlimmes passieren.

Ein kurzer Flur mit Keramikkacheln, noch eine Schwingtür, dann drei Stufen und eine große helle Wohnungstür. Ich ahnte, dass sich dahinter eine neue Welt verborgen hielt. Vielleicht erinnerte ich mich auch daran, wie ich damals bei meinem Frauchen Einzug gehalten hatte.

Meine Angst war inzwischen der Neugier gewichen. Erstaunt stellte ich fest, dass fast alle Räume am „alten Platz" waren. Links zwei Zimmer, rechts die Küche und dahinter ein Zimmer, wo früher immer das Bad war, welches sich jetzt geradeaus befand, wo sonst immer das Kinderzimmer lag. Aufgeregt durchschnüffelte ich alle Räume, immer sehr darauf bedacht, Frauchen immer im Auge zu behalten.

Ich hatte auch gleich entdeckt, dass ein paar der braunen Kisten, die mich noch vor Stunden so geängstigt hatten, hier herumstanden, wobei sie nun einen Geruch von „Heimat" erzeugten. Dann durfte ich mit zum Auto gehen und andere Kartons ausladen „helfen". Auch diese wanderten in eines der leeren Zimmer.

Immer wieder streichelte mich Frauchen. Sie erzählte mir, dass hier nun das neue Zuhause wäre. „Alles gehört Nigel und Nigel muss alles gut bewachen."

Diesen Satz kannte ich. Langsam begriff ich, dass alles wieder gut werden würde. Mein Wassernapf stand ja auch schon in der Küche. Bald darauf kam mein Herrchen mit dem Möbelwagen. Mit überschwänglicher Freude begrüßte ich ihn.

Als endlich das große Kuschelsofa ausgeladen war und in der neuen Wohnung stand, fiel mir armen Kerlchen ein riesiger Stein vom Herzen. Flugs sprang ich hinauf, schmiegte mich ganz fest in die Polster.

Bald hatte ich entdeckt, dass ich von meinem Platz aus die Wohnungstür beobachten konnte. Nun konnte mir Frauchen nicht mehr ungesehen „abhandenkommen". Langsam kam ich etwas zur Ruhe. Ab und zu schaute ich bei den vielen Helfern nach dem Rechten.

Ich stärkte Frauchen den Rücken, das schon begann, die ersten Kartons auszupacken. Gemeinsam hockten wir neben den Kisten und holten Stück um Stück hervor. Das Rascheln von Papier und Plastikfolie gefiel mir ganz besonders. Vielleicht ließ sich ja was Fressbares finden?

Voller Erwartung schaute ich in jede Kiste. Manchmal steckte ich mein Schnäuzchen zwischen die eingewickelten Päckchen, um an ausgewählten Sachen zu schnuppern. Frauchen ließ mich gewähren, war sie doch froh, dass ich wieder Interesse zeigte. Ich schien fast wieder ganz der Alte zu sein.

Erfreut hatte ich entdeckt, dass es zwei Zugänge zum Balkon gab. Ich begann also Runden zu laufen, indem ich aus der Küche heraus und zu meinem neuen Hundezimmer wieder hinein ging. Herrchen drückte die Küchentür zu, um mich zu ärgern.

Nach kurzem Zögern drehte ich mich um, kam durch die andere Tür heraus. Natürlich mit stolz erhobenem Kopf, in der Gewissheit, dass dieser Punkt an mich ging.

Hatte Frauchen anfänglich starke Bedenken gehabt, ich bekäme Heimweh nach der alten Wohnung, so lösten sich diese langsam auf. Ich hatte auch von Anfang an keine Angst allein in der neuen Umgebung zu bleiben. Ich war einfach nur glücklich, dass mein Frauchen nicht für immer verschwunden war. Ich gewöhnte mich schnell an die Veränderungen.

Nachts blieb ab sofort die Schlafzimmertür offen. Ich legte mich die erste Zeit in den Flur, genau vor die Tür auf den Steinfußboden, wo ich tief und fest schlief. Aus Sorge um meine schwachen Nieren kaufte Frauchen einen extra dicken, weichen Teppich. Nun saß ich, alle Türen gleichzeitig beobachtend, mit Vorliebe hier.

Die Sache hatte nur einen Haken – Frauchen und Herrchen mussten ständig über ihren Schnuffi steigen, der auch keinerlei Anstalten machte, seinen Hintern wegzuheben. Erst als mir Herrchen im Dunklen versehentlich auf die Pfote getreten war, schlief ich wieder auf meinem Sofa.

Manchmal hörte mich Frauchen herumschleichen, denn auf den Stein- und Laminatböden klapperten die Krallen. Ab und zu leuchtete in der Tür ein grünes Augenpaar auf, wenn das gedämpfte Licht der Straßenlaternen durch die Vorhänge drang, und ich gerade wieder dabei war zu kontrollieren, ob alle wirklich schon schliefen.

Minutenlang stand ich regungslos im Türrahmen, witterte und lauschte in die Dunkelheit. Anschließend wählte ich meinen Schlafplatz ganz nach Laune oder tappte in die Küche, wo ich verspätet mein Abendbrot fraß. Dabei trug ich jeden Brocken einzeln vor die Schlafzimmertür auf den blauen Läufer und knusperte vergnügt vor mich hin. Irgendwann trollte ich mich satt und zufrieden, um selig einzuschlummern.

Fünf ... sechs Uhr am Morgen tauchte ich putzmunter wieder an der Tür auf, extra laut und vernehmlich schnüffelnd, um mein Frauchen zu wecken. Dann begrüßte ich sie, natürlich mauzend und fiepend, beschmuste sie, um anschließend vor der Badtür Wache zu halten.

Auf den stets folgenden Gassigängen hatte ich mich schnell mit den Zeitungs- oder Postzustellerinnen angefreundet. So bekam ich jeden Morgen zusätzliche Streicheleinheiten. Es dauerte auch nicht lange, bis ich mir eine Lieblingswiese erkoren hatte. Dort traf ich an den Nachmittagen andere Hunde zum gemeinsamen Herumschnüffeln oder Spaziergänger, die mich einfach nur mal streicheln wollten.

Allerdings war die Idylle sehr trügerisch, denn zu bestimmten Zeiten hielten sich hier abenteuerlich aussehende Jugendliche mit vielen, besonders großen Hunden auf, welche alle ohne Leine herumliefen. Sie machten die Gegend wirklich unsicher. Ein paar Mal kehrte Frauchen voller

Panik um, wenn plötzlich Rottweiler, Schäferhunde und Doggen heranhetzten.

Die bellten und knurrten meist schon von Ferne, dass sogar mir das Hören und Sehen verging. Oft war auch weit und breit nichts von den Besitzern der Tiere zu sehen.

Zweimal geschah es, dass ich von fremden Hunden ohne Vorwarnung angegriffen wurde. Obwohl ich an der Leine war, hatte ich mich jedes Mal erfolgreich verteidigen können, wobei ich den Gegner mit gezielten Bissen gründlich in die Flucht schlagen konnte. Blitzschnell hatte ich auf die Attacken reagiert und ging, als Verteidigung allein nicht mehr half, meinerseits zum Angriff über. Ich hatte in den Jahren der Ruhe nichts verlernt.

Solche Begebenheiten wühlten mich immer sehr auf, ich konnte mich, anschließend am ganzen Körper zitternd, kaum beruhigen. Frauchen nahm ihren kleinen Helden dann immer in die Arme, sprach leise mit mir, wobei sie mich sehr lobte.

Trotzdem wollte sie es nicht darauf ankommen lassen. Sie wählte nun andere Zeiten für die Spaziergänge und wir beide blieben fortan fast unbehelligt. Die alteingesessenen Hundehalter kannten das Problem erst recht. Sie hatten sich schon lange auf die günstigste Zeit für Bellos Gassirunde eingestellt.

Eine Sache konnte ich nicht gerade leicht begreifen, nämlich, dass mein Hundesofa jetzt den

Platz mit dem zweiten Sofa im Wohnzimmer getauscht hatte. Stand es in der alten Wohnung quer vor dem Fenster, so war es jetzt rechts vom Aquarium, längs an der Wand. Immer wieder versuchte ich, Macht der Gewohnheit, geradeaus von der Tür auf den Zweisitzer zu springen und jedes Mal scheuchte mich Frauchen wieder herunter.

Um die Sache für beide Seiten zu vereinfachen, stellte sie die ganze Couch mit Büchern und Bekleidung voll. Nun drehte ich freiwillig bei, mich darein fügend, dass mein Reich ein Stückchen weiter gerückt war. Nach einigen Tagen konnte Frauchen ihre, wie sie es nannte, ungewöhnlichen Hunde-Erziehungs-Utensilien, wieder wegräumen.

Wenn sie aus dem Büro kam, gab sie mir stets ein Begrüßungsschmeckerli, die obligatorischen Schmuseeinheiten und kontrollierte anschließend die ganze Wohnung darauf, ob ich nicht doch irgendwelchen Unsinn angestellt hatte. Ich war immer brav gewesen, wie gewohnt.

Eines Abends, Frauchen und Herrchen hatten sich gerade zum Fernsehen niedergelassen, fielen Frauchens Blicke auf die Fensterbank. „Hä? Wie jetzt …?"

Da standen die Blumentöpfe kreuz und quer. Auf dem kleinen Sofa vor dem Fenster lagen ein paar Hundehaare. So im Nachhinein betrachtet war der Wauwau heute auch unterwegs verdächtig lieb gewesen. Ich hatte mich immer neben

Frauchen gehalten, nicht unter den Sträuchern geschnüffelt, die anderen großen Hunde geflissentlich ignoriert und zu Hause überhaupt nicht nach Naschwerk gebettelt.

Außerdem hatte ich gerade meine „Erwischt!-Pose" eingenommen. Ich lag ganz still, steckte das Schnäuzchen tief in die Polster, drehte mir aber gleichzeitig fast die Augen aus dem Kopf, um die Reaktionen meiner Zweibeiner zu sehen.

Frauchen ordnete das Chaos. Dabei sagte sie: „Das gehört dem Frauchen, das ist NEIN für den Hund."

Aber selbiger wäre wohl kein zweites Mal unbefugt an das Fenster gegangen.

Mann, war ich erschrocken, als mir, auf dem verbotenen Sofa stehend, die Vorderpfoten an der glatten, marmornen Fensterbank wegrutschten, die Blumentöpfe scheppernd zusammenknallten und ich unfreiwillig eine lange Grätsche machte!

Spätestens seit diesem Tag wusste ich die Geborgenheit meiner eigenen Kuschelecke sehr zu schätzen. Mochten draußen die anderen Hunde kläffen, ich werde mich nicht mehr verlocken lassen, aus dem Fenster zu schauen.

Nach ein paar Wochen hatte der Alltag wieder einen festen Rhythmus gefunden und es hätte alles in bester Ordnung sein können, wenn nicht der Stress der vergangenen Monate gewesen wäre. Er hatte mir zu sehr zugesetzt.

So meldete sich meine fast vergessene Nierenschwäche mit aller Brutalität zurück. Ich fraß schlecht, schlief schlecht, am ganzen Körper schwollen die Lymphknoten an. Manche wurden dick wie Hühnereier. Wieder brachte mich Frauchen zum Tierarzt, wieder bekam ich Spritzen und Tabletten.

Zu allem Übel war dieser Sommer noch besonders heiß. Ich litt doppelt. Frauchen ging mit mir nur noch ganz kurze Strecken, immer darauf bedacht, im Schatten unter den Bäumen zu bleiben. Der Weg zum Wald war bei diesen Gegebenheiten einfach zu weit.

In unserem Garten, welcher weit außerhalb unseres Wohnortes lag, hatte ich meine Grube zwischen den Ginstersträuchern noch tiefer gebuddelt. Zur Mittagszeit lag ich meist, an den Wurzeln herumknabbernd, in meinem kühlen Versteck.

Auch hier gab es, ganz in der Nähe, einen Wald. Normalerweise planschte ich, bis zum Bauch im Wasser stehend, im Bach herum. Jetzt hielt ich mich möglichst fern davon. Ich trank kurz, immer darauf bedacht, nur die Pfoten nass zu machen. Mir sagte mein Instinkt, dass die kranken Nieren nicht ins kalte Wasser gehören.

An anderen Tagen lag ich, den Kopf unter einem Strauch im Schatten verborgen, auf der Wiese. Ich ließ mir, ab und zu die Seite wechselnd, meine Flanken von der Sonne brutzeln. Die Wärme tat mir gut.

Frauchen rieb meine weiße Haut auf dem Bauch, die Innenflächen der Schlappohren sowie den hellen Fleck auf dem Nasenrücken mit Baby-Sonnenschutz-Creme mit besonders hohem Lichtschutzfaktor ein. Ob das bei Hunden auch funktioniere, wusste sie nicht, aber sie wollte keinesfalls, dass ich mich verbrannte.

Ich lag manchmal stundenlang in der glühenden Sonne. Stellte mir Herrchen einen Sonnenschirm darüber, kroch ich ein paar Zentimeter weiter, bis der Körper wieder die volle Dosis bekam. Auch auf meinem Sofa zu Hause legte ich mich in die Sonne, obwohl ich immer ein schattiges Plätzchen zur Verfügung hatte.

Ich war glücklich, dass das Wohnzimmer jetzt auf der Südseite lag. Solange ich nicht herumlaufen musste, bekam mir die Wärme bestens, aber dann hörte der Spaß recht schnell auf. Bei den geringfügigsten Anstrengungen machte ich schlapp. Der Sommer war schon fast vorbei, als ich mich endlich wohler fühlte. Die Spaziergänge wurden länger.

Ich hatte wieder Gefallen daran, mein Frauchen den Berg hochzuziehen, wenn sie nun, eher als ich, nicht mehr weiter konnte.

Überhaupt legte ich nun wieder ordentlich Tempo vor. Mit fliegenden Pfoten raste ich durch den Garten, übersprang mit gewaltigen Sätzen die Beete, um anschließend mein Fell am Ginster zu parfümieren. Frauchen fiel ein ganzes Gebirge vom Herzen.

An manchen der vergangenen Tage hatte es schließlich fast den Anschein gehabt, als wollte ich diese Welt verlassen. Sie saß dann stets bei mir, streichelte mich, während sie mir ins Ohr flüsterte: „Hey, du kannst mich hier nicht einfach allein lassen. Das ist unfair. Wir wollen schließlich zusammen steinalt werden."

Als echter Kämpfertyp und Dank Frauchens Pflege, rappelte ich mich wieder auf. Ein bitterer Beigeschmack blieb aber doch zurück. Die Lymphknoten schwollen nie wieder ganz ab.

Also würde auch die, sich schon durch fallende Blätter ankündigende, kalte Jahreszeit eine besondere Herausforderung werden. Ich konnte Kälte noch nie besonders leiden. Gepaart mit Nässe und starkem Wind war mir das Ganze sehr zuwider. Wenn ich schon nass wurde, dann wollte ich selbst bestimmen, wann.

Schwimmen fand ich echt toll. Aber Regen …? Pfui Teufel! Spätestens seit ich mit Frauchen auf einem Waldspaziergang von einem sintflutartigen Wolkenbruch überrascht worden war, avancierte ich bei jedem Unwetter zum Sprintchampion.

Schon das ferne Grollen eines Gewitters reichte aus, um mich in höchste Alarmbereitschaft zu versetzen. Frauchen folgte aber auch zu gern meiner Aufforderung, schnell wieder heim zu gehen. Ihr war noch immer mulmig, wenn sie daran dachte, dass wenige Schritte vor uns ein großer Baum quer über den Weg gekracht war.

Sie konnte ihren verängstigten Schnuffi gerade noch zurückkreißen. Auf dem letzten Stück des Weges musste ich den Weg im Auge behalten, während sie den Blick nur noch in die Wipfel richtete. Fortan war der Wald bei böigem Wind tabu.

Der Kälte schlugen wir beide auf andere Weise ein Schnippchen.

Weil ich mit meinem kurzen Fell bei Minusgraden immer sehr fror, kaufte mir mein Frauchen eine schwarze Hundejacke. Das gute Stück war wie eine längere Satteldecke mit Öffnung für den Kopf geschnitten und mit Klettbändern unter dem Bauch hindurch zu befestigen.

Ein kleiner verstellbarer Riemen hielt, um meine Rute geknöpft, das Mäntelchen fest auf dem Rücken. Der Clou war aber das synthetische Lammfell, welches aus der wasserfesten Jacke ausgeknöpft werden konnte.

Hatte ich mich früher manchmal gesträubt in die Eiseskälte zu gehen, so war ich jetzt kaum noch nach Hause zu bekommen. Auf meinen ersten Runden mit Pelz ließ ich mich ganz ausgiebig von meinen Hundekumpels und deren Besitzern bewundern.

Ich spreizte mich geradezu wie ein Pfau. Die Vierbeiner schnüffelten interessiert, die Herrchen und Frauchen steckten ausnahmslos die Hände unter meinen supercoolen Pelz. Es herrschte allgemeines Erstaunen darüber, dass er den Rücken, sowie die Flanken tatsächlich trocken und warm hielt.

Ein paar Tage später trugen mehrere Hunde einen Mantel. Kleinlaut meinten die Herrchen, sie hätten sich nicht getraut, als Erste ihren Tieren eine schützende Hülle zu geben. Vielleicht wären sie ja belächelt worden.

Frauchen war das egal. Für ihren Liebling, der nun auch nicht mehr der Jüngste war, tat sie sowieso alles. Die anderen Hunde haben es ihr im Stillen wohl sehr gedankt. Vom Zwergschnauzer bis zum Weißen Schäferhund tobten nun sehr modische Hunde durch den Schnee, bekleidet mit Pullovern, Jacken, Mänteln.

Bei manchen Modellen schien allerdings das Anziehen länger gedauert zu haben als der anschließende Spaziergang. Wozu mussten Ärmel oder Kapuzen sein? Manche Bekleidung war so weit geschlossen, dass sich Frauchen fragte, wie wohl der Hund damit sein Geschäftchen erledigen konnte. Hier war sicher der Spaßfaktor Ausschlag gebend.

Ich liebte jedenfalls meinen Pelz über alles. Schon bei der Anprobe im Zoogeschäft hätte ich ihn am liebsten nicht mehr abgelegt. Die Verkäuferin hatte erst etwas skeptisch drein geschaut, als sie so einem großen Hund die Jacke anpassen sollte, sich dann aber köstlich über meine Reaktion amüsiert.

Ich stand ganz still, alles mit stoischer Ruhe über mich ergehen lassend. Am Ende kontrollierte ich aber noch eingehend den Beutel, indem ich die Nase tief hineinsteckte. Schließlich bekam man als Hund nicht alle Tage eine so tolle Klamotte, da wollte ich schon sicher sein, dass die ausgesuchte auch tatsächlich eingepackt worden war.

Sofort nach jedem Winterspaziergang wurde das Mäntelchen zum Trocknen aufgehängt. Schließlich sollte es immer einsatzbereit sein. War früh mal weniger Frost, bekam ich es natürlich nicht übergestreift. Meist zog ich dann eine beleidigte Nase und blieb abwartend in der Tür stehen. Es hätte ja sein können, dass sich Frauchen doch noch erweichen ließ.

Vor dem Haus vergaß ich aber nach ein paar Metern immer meinen Kummer, denn die frischen Spuren im Schnee waren viel interessanter. Fast täglich traf ich meinen einzigen wirklichen Kumpel, Maurice. Der Labrador-Rüde mit dem hellen Fell war, außer meinem Frauchen, wohl das einzige Wesen, welches mich zu regelrechten Begeisterungsstürmen hinriss.

Kaum wurde ich seiner ansichtig, quietschte ich in höchsten Tönen quer über die Straße. Die Rute fiel bald ab vom schnellen Wedeln. Sogar wenn „mein" Maurice nur aus dem Fenster im zweiten Stock schaute, veranstaltete ich, laut vor Aufregung fiepend, Freudentänze.

Die Freundschaft von uns beiden Hunde begann ganz alltäglich. Irgendwann war eben mal wieder ein neuer Welpe in meinem Revier aufgetaucht. So was kam ja laufend vor, war also meist nicht sehr aufregend. Ich untersuchte eingehend die Spuren, markierte darauf mein Territorium neu und fertig war das Ganze.

Manchmal beschnüffelte ich noch kurz den Neuling, hatte aber in den seltensten Fällen Interesse an weiteren Kontakten.

Hundekumpel und –kumpelinen

Ganz anders bei Maurice. Mit ihm tobte ich manchmal sogar auf der großen Wiese hinter dem Haus herum. Ich flitzte wie der Blitz davon, der kleine Labrador versuchte, mich zu fangen. Völlig aus der Puste, mit weit heraushängenden Zungen, kamen wir beide nach einer Weile von ganz allein wieder zurück. Seite an Seite liegend, ruhten wir uns gemeinsam aus.

Frauchen hockte sich meist daneben und kraulte auch meinem Spielkameraden das Fell. Wir zwei Genießer konnten gar nicht genug davon bekommen. Frauchens Finger glitten kreisend von unseren Stirnen, über die Rücken, bis zur Schwanzwurzel. Lachend sagte sie „Hey, das ist Synchronschmusen".

Unsere Reaktionen waren tatsächlich fast identisch. Wären nicht die unterschiedlichen Fellfarben gewesen, man hätte denken können, ich würde mich vor einem Spiegel räkeln.

Maurices Besitzer, ein nettes, älteres Ehepaar, waren von der Gleichheit ebenfalls begeistert. Frauchen genoss es sehr, mit uns beiden zu schmusen. Sie fand den dicken, sich plüschig anfühlenden Pelz des Labradors niedlich. Mein Fell hingegen lag glatt wie Robbenfell am Körper, wobei es auch genau so schön glänzte. Nur mein weißes „Halstuch" bestand aus längeren, weicheren Haaren. Die Schlappohren, die süße schwarze Knubbelnase und der sprichwörtliche treue Hundeblick waren bei beiden wieder völlig gleich.

Nach ein paar Wochen hatte Maurice seinen Größenunterschied zu mir aufgeholt und mich bald überholt. Nun war er der „Große", begann „seinen" Nigel zu beschützen, um am Ende alle anderen Hunde knurrend und zähnefletschend zu vertreiben.

Eifersüchtig wachte er darüber, dass seinem Lieblingshund nichts und niemand zu nahe kam. Mit einem ausgewachsenen Labrador-Rüden hätte sich wohl auch kaum ein anderer Hund angelegt. Es genügte manchmal schon, dass die schneeweißen Reißzähne aufblitzen, um für Ordnung zu sorgen.

Aber eben nur in meiner Gegenwart verhielt er sich so. Sonst war er anderen Vierbeinern gegenüber der liebste und beste Spielkamerad – eben ein großes, knuddeliges Plüschtier. Aber mich mit anderen Hunden teilen – nee! Das ging gar nicht. Das wäre ja noch schöner gewesen! Ich war seiner und blieb seiner – basta!!

Das Frauchen von Maurice brachte es auf den Punkt: „Nigel ist gegen Maurice ein richtig zartes Hundchen."

Dieser setzte wohl im Stillen hinzu: „... und das muss ich ja beschützen."

Ich beschützte natürlich auch jemanden. Mein Frauchen sowieso, da gab es für mich keine Fragen mehr. Eines Tages hatte ich hinter dem Gartenhäuschen etwas entdeckt. Aufgeregt lief ich zu Frauchen, stupste sie an, drehte mich um, lief wieder hinter das Häuschen.

Das ging ein paar Mal so, bis Herrchen sagte: „Na geh doch endlich mal mit, ich hab es schon gesehen, was er dir zeigen will."

Erleichtert sah ich zu, wie sie endlich die Gartengeräte in die Ecke stellte, um mir zu folgen. An der Hausecke blieb ich schwanzwedelnd stehen, ließ sie vorbei gehen. Neugierig schaute sie umher. Endlich entdeckte sie, was mich so entzückt hatte.

Da tippelten fünf Igel, nach Futter schnüffelnd, am Zaun herum. Eine große Igelmutti mit vier Kleinen, die noch ganz tapsig auf den Beinen waren. Frauchen lobte mich sehr, indem sie sich neben mich hockte, ganz eng umschlungen hielt, während wir beide die Stachelträger beobachteten. Eines der Igeljungen versuchte sich mehrmals, hinter den Ohren zu kratzen. Dabei fiel es ständig um. Das sah richtig putzig aus.

Als Frauchen genauer hinschaute, sah sie, dass es sich die Igel unter dem Häuschen gemütlich gemacht hatten. Da gab es einen schmalen Durchschlupf, in dem plötzlich einer nach dem anderen verschwand. „Na, aber gerne!" – dachte sie sich. Igel im Garten hielten schließlich das Ungeziefer in Grenzen.

Bisher waren die Besucher mit den süßen Schnäuzchen nur auf der Durchreise in unseren Garten gekommen, wenn es leckeres Fallobst gab. Als feste Untermieter waren ihr die stachligen Gesellen herzlich willkommen. Nach ein paar Augenblicken kamen die Miniigel wieder aus ihrem Versteck.

Frauchen nahm sie etwas näher in Augenschein. Für Anfang Oktober waren sie ziemlich klein. Aber es gab ja mich, ich würde ihnen schon etwas von meinem Kraftfutter abgeben. Gedacht – getan. Gemeinsam suchten wir die geeigneten Stückchen aus dem Fressnapf. Ich hatte wirklich nichts dagegen, mit den Igeln zu teilen. Zusammen mit einem Näpfchen Wasser brachten wir die Bröckchen hinter das Haus.

Noch während Frauchen die Brocken etwas verteilte, kamen die hungrigen Mäuler zum Vorschein. Sie machten sich, gierig schmatzend über all die schönen Gaben her. Dass ich, ein Hund, fast daneben stand, störte sie keineswegs. Gern wäre ich noch näher gegangen, aber das hatte Frauchen verboten.

Ich war wieder mal selig, schwänzelte still vergnügt vor mich hin. Wieder hatte ich mir einen neuen Spitznamen eingehandelt. In Anlehnung an einen Film nannten sie mich nun den „kleinsten gemeinsamen Teiler".

Manchmal teilte ich allerdings ziemlich unfreiwillig.

Wenn Frank mit seiner Hündin Rosi zu Besuch kam, suchte ich das Weite, indem ich mich auf meinem Sofa zusammenrollte, ab sofort „nicht mehr zu sprechen" war. Schon, als sie noch ein Welpe war, hatte mir die Hündin in

Sekundenschnelle den Napf geleert, sowie sämtliche Knabberli vor der Nase weg gemaust. Sogar mein Versteck unter dem kleinen Teppich hatte sie geplündert.

Ich wusste zwar genau, dass ich immer komplett neu ausgestattet wurde, sobald wieder Ruhe einzog, aber das ganze „Elend" der Verluste wollte ich nicht mit ansehen. Rosi hatte aber ihrerseits ganz schnell begriffen, dass ich nicht mit ihr spielen wollte. Sie unterließ es also, mich anzuspringen. Ich revanchierte mich, indem ich, ganz Gentleman, der Dame überall den Vortritt ließ.

Außerhalb der Wohnung war ich Rosi gegenüber viel aufgeschlossener. Gemeinsame Runden machten uns beiden Hunden große Freude. Es war auch ein wirklich interessantes Bild, wenn wir zwei nebeneinander herliefen.

Der dreifarbige, kurzhaarige Nigel mit federnden, fast tänzelnden Bewegungen. Rosi mit welligem, glänzend-rabenschwarzem Fell, Hüfte wiegend wie eine Diva, als Begleiterin. Mit ihren, jetzt gerade mal zwei Jahren, war die Mischlingshündin noch recht verspielt und meine Herrschaften mussten sich bei der Begrüßung vorsehen, dass ihnen nicht plötzlich die Hundezunge quer durch das Gesicht fuhr.

Die Süße war immerhin fast so groß wie ich, hatte also keine Mühe, mit einem kräftigen Hüpfer jemandem ein Küsschen zu geben. Frank hing an seiner Rosi genau so sehr, wie Frauchen an mir. Die große Tierliebe musste wohl ihr Erbteil sein.

Rosi war aber auch ein sehr braves Tier. Sie musste man einfach lieb haben. Wenn sie jemanden mit ihren, etwas schräg stehenden, Pittbull-Augen flehend ansah, hatte sie schon gewonnen. Dann ging das Streicheln ganz automatisch.

Für Schmeckerchen war das Leckermäulchen jederzeit zu begeistern. Ich konnte davon jedenfalls ganze Arien singen. Trotzdem mochte ich Rosi, so wie sie war. Ich ließ es sogar zu, dass sie sich auf meinen blauen Kuschelteppich in der Küche legte. Nur von meinem Schlafsofa im Wohnzimmer schubste ich sie weg, kaum dass sie eine Pfote darauf legte.

Das war meine Welt. Die ließ ich mir von niemandem wegnehmen. Die teilte ich nur mit meinem Frauchen. Kaum saß Frauchen neben mir, kroch ich zentimeterweise und ganz vorsichtig quer über ihre Beine, damit auch ja der ganze Rücken ordentlich gekrault werden konnte. An besonders schmusebedürftigen Tagen setzte ich großer Schnuffi mich direkt auf Frauchens Schoß.

Da hatte ich zwar kaum Platz, überragte mein Frauchen um Längen – war aber richtig glücklich dabei. Ich mauzte dann selig in höchsten Tönen, während mich Frauchen fest umschlungen hielt, wobei sie ihr Gesicht in das weiche Fell an meiner Brust drückte.

Sprach sie dabei leise auf mich ein, so versuchte ich, wie immer, den gleichen Ton wie sie zu treffen. Da ich von jeher Meister der Lautimitation gewesen war, wunderte es meine Herrschaften auch gar nicht, dass ich eines Tages sogar begann, das Fiepen des Elektronikweckers nachzuahmen.

Der Ton stimmte, nur die schnelle Folge des Piepgeräusches brachte ich nicht zustande. Auf alle Fälle hatte ich es geschafft, dass Frauchen öfter darauf hereinfiel. Seit dieser Zeit fasste sie am Wochenende vor dem Aufstehen zuerst nach dem Wecker und schaute nach, ob der Weckknopf noch in seiner alten Position war.

An Arbeitstagen störte es ja nicht weiter, wenn der ungebetene Weckdienst zehn Minuten zu früh auf der Türschwelle des Schlafzimmers erschien. Dass er an arbeitsfreien Tagen zur gleichen Stunde auftauchte, war weniger erfreulich.

Frauchen versuchte dann mucksmäuschenstill zu liegen, um auf gar keinen Fall zu verraten, dass sie wach geworden war. Ich versuchte es darauf stets mit meinem Extra-Laut-Schnüffel-Trick. Klappte dies auch nicht, so trollte ich mich für etwa eine Stunde, um das Ganze anschließend zu wiederholen.

Kam dann noch immer keine Reaktion, rollte ich mich schnaufend vor der Schlafzimmertür zusammen und lauerte auf jedes Geräusch von Frauchen. Die versuchte mich natürlich aus der

Reserve zu locken, indem sie die fest Schlafende mimte.

Keine Chance – ich registrierte sofort die kleinsten Veränderungen. Freudestrahlend erwartete ich mein Frauchen im Flur. Als echte Frühaufsteherin nahm sie meine Macke ganz gelassen hin. Ich sollte ruhig meinen Spaß haben. Im Ernstfall, wenn es ihr mal schlecht ging, unterließ ich dieses Spiel ja von allein.

Dann wartete ich sogar auf meinem Sofa, bis Frauchen zu mir kam, um mit Küsschen den Startschuss für die Gassirunde zu geben. Im Herbst waren die frühen Morgenrunden für uns beide sehr abwechslungsreich. Manchmal leuchtete aus irgendeiner finsteren Ecke ein grünes Augenpaar. Während ich schon lange erschnüffelt hatte, wer sich dahinter verbarg, musste Frauchen erst mal näher heran.

Zu so nachtschlafener Zeit trug sie noch keine Kontaktlinsen. Sie hatte Mühe nicht jeden Laternenpfahl zu grüßen, weil sie ihn für einen Spaziergänger hielt. Einmal allerdings hätte ich wohl eher die Sehhilfen gebraucht. Da lag ein großer dunkler Stein mitten auf dem Weg.

Frauchen ging etwas zur Seite. Sie wollte im Finstern nicht darüber stolpern. Ich hielt mit tief gesenkter Nase genau auf den voluminösen Brocken zu. Er roch ziemlich interessant.

„Vielleicht", so dachte Frauchen, „hat da ein anderer Hund seine Duftmarke hinterlassen".

In dem Moment hatte ich die Stelle erreicht. Schrill aufquietschend sprang ich zurück. Der vermeintliche Stein war ein ungewöhnlich großer Igel mit sehr spitzen Stacheln gewesen. Während Frauchen in schallendes Gelächter ausbrach, weil die Situation wirklich zu komisch war, stand ich völlig verdattert da.

„Hast du nichts anderes zum Küssen gefunden? Dicker, ich glaub' du brauchst einen Blindenhund!" Frauchen feixte.

Ich armer Schnuffi hingegen war noch den ganzen restlichen Weg über mit diesem Erlebnis beschäftigt. Mir tat noch immer die Nase weh. Laufend schaute ich zurück, um nach dem Igel zu sehen. Dabei krachte ich, voll in Gedanken, auch noch an ein Baustellenschild. Es schepperte gewaltig. Frauchen entfuhr die nächste Lachsalve.

Jetzt war eh alles zu spät. Dass ich auch noch über die nächste Bordsteinkante stolperte, registrierte sie nur noch am Rande. Für mich war dieser Tag schon am frühen Morgen „gelaufen". Ich vergrub mich in meine Sofapolster, schloss ganz schnell die Augen. Es war eben nicht mein Tag. Vorsichtshalber verschlief ich ihn komplett.

Außerdem hielt ich ab sofort beim Schnüffeln zu jedem Igel einen erhöhten Sicherheitsabstand.

Ich war nicht etwa besonders tollpatschig, nein, ich hatte nur einfach das Pech, zur falschen Zeit am falschen Platz zu sein. Ich brauchte dann immer besonders viele Streicheleinheiten. Wie eine Katze um die Beine streichend, umschwänzelte ich Frauchen und Herrchen so lange, bis endlich beide gleichzeitig meinen Rücken oder die Ohren krauten. So war jeder Kummer recht schnell vergessen.

Andererseits konnte ich mich mit Gesten besser ausdrücken, als manche Menschen mit Worten. Als Frauchen einmal in der Weihnachtszeit aus der Firma kam, lief ich ihr völlig aufgeregt im Flur entgegen. Anders als sonst wanderte ich mehrmals zwischen Flur und Wohnzimmer hin und her. Frauchen ahnte schon, dass etwas Ungewöhnliches passiert sein musste.

Sie folgte mir, der ich sogleich vor der Schrankwand stehen blieb und starr nach oben sah. Frauchen beobachtete meinen Blick. „Hm ..., was wollte Schnuffi bloß von ihr???"

Ich schaute sie kurz an, merkte, dass sie noch immer nicht begriffen hatte. Kurzerhand legte ich mein Schnäuzchen an eine bestimmte Stelle auf dem Sims des Unterbaues.

Na endlich! Jetzt war also der Groschen gefallen! Da lag eine rote Kerze, wo sie nicht zu liegen hatte. Sie war von einem Schwibbogen, der ganz oben stand, herabgefallen. Bei ihrem Absturz hatte sie mich armen Hund mit lautem Poltern aus den schönsten Träumen geweckt. Natürlich bekam ich ein extra Leckerli.

Im Laufe der Zeit stellten meine Herrschaften immer öfter fest, dass ich mehr Vor- als Nachteile durch den Umzug hatte. Ich hatte mich rasch mit vielen Hunden aus der Umgebung angefreundet. Dass ich dabei die ruhigeren Typen bevorzugte, war nicht verwunderlich. Die mich nicht mochten, ignorierte ich einfach und ließ mich auch durch das oft nervende Gekläffe nicht aus der Ruhe bringen.

Sogar Hündinnen waren unter meinen neuen Freunden. Ich wurde, auf meine alten Tage, doch noch ein allseits interessierter Hund.

In meinem neuen Revier gab es aber nun aber auch ungewöhnlich viele Schäferhunde oder Mischlinge, in denen Schäferhundgene steckten. Am Anfang bekam ich noch regelmäßig meinen Wutanfall, wenn eines dieser Tiere auftauchte. Irgendwann ging ich nur noch, ohne einen Mucks zu sagen, auf die Hinterbeine, um mich größer zu machen, als ich eigentlich war. Ich hatte endlich begriffen, dass nicht jeder Schäferhund ein potenzieller Feind war.

Mitunter trabte ich sogar, nur ab und zu nach dem anderen Hund schauend, friedlich auf meiner Seite der Straße weiter. Es wurde immer seltener, dass ich wirklich den berühmten sirenenartigen Jaulton von mir gab. Großen Hunden ohne Leine ging Frauchen sowieso aus dem Weg. Da konnte eigentlich nichts schief gehen. Lieber lief sie Kilometer Umwege, als eine Beißerei zu riskieren.

Ich hatte mir, so oder so, eine Belohnung verdient. Mir fehlte zum ganz großen Glück eine ordentliche Kuschelmatte in meiner Sommerresidenz unter der Eisenbahnplatte. Bald hatte Frauchen das Richtige gefunden. Ihr war im Internet eine Schaumstoffmatte ins Auge gestochen, die wie ein Knochen geformt und deren gelber Bezug mit kleinen braunen Knochen bedruckt war. Schnell bestellte sie für ihren braven Schnuffi das Objekt der Begierde.

Ebenso schnell war auch die Lieferung da und ich bezog meinen neuen Beobachtungsposten. Es gefiel mir dort nun so gut, dass ich stundenweise ganz in dem kleinen Zimmerchen verschwand und manchmal nachts sogar darin schlief. Das Glück währte aber nur kurz.

Nach ein paar Tagen hatte ich versehentlich mein Schaumstoffparadies mit Erbrochenem beschmiert. Frauchen zog schnell die Matte ab und steckte den gelben Stoff in die Waschmaschine.

Dann spannte sie ein großes Saunatuch über die Matratze, um zu verhindern, dass meine kräftigen Krallen Stücke herausrissen. Als zufriedener Hund kroch ich wieder auf meine Matte. Nur blieb ich nicht lange zufrieden – das Tuch störte mich.

Das konnte ja wohl nun nicht ganz wahr sein, dass dieses olle Ding meine Schlafstelle verunzierte! Ich begann also, ganz akribisch und flächendeckend, das störende Etwas von der Matte zu kratzen. Frauchen hatte von alledem nichts mitbekommen.

Erst als ich mit leidender Miene und eingezogenem Schwanz in der Tür auftauchte, schwante ihr Schlimmes. Ich schlich, mich immer wieder schuldbewusst umschauend, vor ihr her und führte sie zum Ort des Dramas. Wenn ich gekonnt hätte, wären wohl große Tränen geflossen.

So stand ich dann neben den Resten meines Paradieses, in die ich traurig meine Nase tauchte. Aus der Matratze fehlten riesige Stücke Schaumstoff, die fein zerbröselt in allen Ecken lagen. Eigentlich bestand das Ganze nur noch aus einem etwa zehn Zentimeter breiten Rand, dem der gesamte Inhalt von fast zwei Quadratmetern fehlte.

Frauchen stand, wie vom Donner gerührt. Am liebsten hätte sie mit mir um die Wette geheult. Sie verkniff es sich, mit mir zu schimpfen. Ich wusste genau, was ich da angerichtet hatte. Tieftraurig lag ich danach zwei Tage lang auf dem nackten Boden und sehnte mich in mein Kuschelparadies zurück.

Frauchen brachte es einfach nicht übers Herz, mich leiden zu sehen. Also griff sie sich eine dicke, flauschige Decke, legte sie doppelt und steppte die Form des Überzuges ab. Ich stand im Türrahmen und schaute andächtig zu. Sofort hatte ich den gelben Stoff mit den kleinen Knochen wieder erkannt.

Schnell war der Rand abgeschnitten, der „Knochen" umsteppt und Frauchen zog, damit sich der Stoff nicht verschieben konnte, noch ein paar Zickzacknähte quer über ihr Kunstwerk. Als sie dann die gelbe Hülle drüber stülpte, ging in meinen Augen die Sonne auf.

Gaaanz vorsichtig schlich ich auf meine neue Decke und legte mich sacht hin. Zufrieden schloss ich die Augen, auch wenn ich sofort gemerkt hatte, dass mein Lager nicht so schön weich wie mit der anderen Matratze war. Der Schreck von damals hatte richtig tief gesessen, denn ich versuchte nie wieder, darauf herum zu kratzen.

Ich hatte, in der ganzen Wohnung verteilt, meine speziellen Liegeplätze. So war ich ja auch stolzer Besitzer des großen Sofas geworden. Trotzdem hatte Frauchen in letzter Zeit immer wieder das Gefühl, dass etwas nicht mit rechten Dingen zuging.

Immer wieder tauchten auf ihrem kleinen Sofa einzelne Hundehaare auf. Na gut, sie hätten auch nach dem Schmusen an ihrer Kleidung dorthin gelangt sein können. Im Laufe der Zeit wurden es aber immer mehr Haare, die täglich mühsam entfernen mussten.

Außerdem hatte sie das dumme Gefühl, dass die Kissen anders lagen, als am Morgen, bevor sie zur Arbeit ging. Und schließlich tauchten noch einzelne seltsame, eingetrocknete Tröpfchen auf dem Laminat neben dem anderen Sofa auf.

Dann kam der Tag, an dem Frauchen früh noch einmal umkehren musste, weil sie etwas zu Hause vergessen hatte. Sie schloss die Tür auf und sah gerade noch, wie das weiße Ende meiner Rute von ihrem Sofa gezogen wurde. Erwischt!

Sie sah mich streng an und sagte: „Nein!"

Schnell drückte ich mein Schnäuzchen in die Polster meines Sofas und stellte mich schlafend. In den folgenden Wochen kam es immer wieder vor, dass ich, kaum das Frauchen aus dem Haus war, auf ihrem Sofa schlief. So waren dann auch die Tröpfchen auf den Fußboden gekommen. Ich hatte wohl schlicht und einfach im Traum gesabbert.

Schließlich legte ich zum Schlafen immer meinen Kopf auf die flache, halbrunde Armlehne. Ab und zu hatte mich Herrchen erwischt, der manchmal nicht mit Frauchen die Wohnung verlassen hatte. Wie von allen Furien gehetzt, hatte ich dann jedes Mal die Flucht auf mein eigenes Sofa angetreten.

Frauchen wollte nun natürlich herausfinden, ob mich nicht vielleicht doch Gewissensbisse plagten. Manche behaupteten ja allen Ernstes, dass so etwas bei Tieren nicht vorkommen würde. Sie installierte kurzerhand ihre Webcam so, dass sie bequem die ganze Sitzfläche überwachen konnte und sogar noch ein Stück von meinem eigentlichem Liegeplatz. Dann harrte sie der Dinge, die der Tag so bringen würde.

Am Feierabend lag ich jedenfalls ganz brav da, wo ich hingehörte. Frauchen schaute sich die Aufnahmen an. Zuerst passierte nichts. Als sie die Geschwindigkeit auf zwei oder gar dreifach stellte, wurde es lustig.

Die einfache Kamera hatte ja erst brauchbare Bilder aufgenommen, als es draußen langsam hell wurde. So zeigte sie einen Hund, der ganz verschämt um sich schaute, bevor er ganz vorsichtig, Pfote für Pfote auf Frauchens Sofa stieg. Dabei quetschte er sich mühsam am Couchtisch entlang und brauchte mehrere Versuche, um überhaupt durch den schmalen Zwischenraum zum Sofa zu gelangen.

Dann stand er oben und der Hals wurde giraffenartig lang, weil er versuchte in die Küche zu spähen. Hätte ja sein können, dass Herrchen dort lauerte. Nach einer ganzen Weile traute er sich erst, sich hinzulegen. Alle Augenblicke schreckte er hoch und schaute in Richtung der Wohnungstür. Irgendwann hielt er es wohl vor Müdigkeit nicht mehr aus und kletterte mühsam wieder herunter, um schnurstracks auf seinem Platz zu verschwinden und tief und fest zu schlafen.

Das Spiel wiederholte sich im Laufe des Tages noch einmal. Und wieder konnte Nigel vor Aufregung kein Auge zutun, weil er auf verbotenen Pfaden wandelte.

Jetzt wusste Frauchen ganz genau Bescheid. Erstens hatte ich nicht im Traum, sondern aus bloßer Aufregung gesabbert und zweitens hat mich mein schlechtes Gewissen so arg gepiesakt, dass ich überhaupt keinen Genuss daran hatte, auf ihrem Sofa zu liegen. Dass ich es immer wieder versuchen würde, lag einfach daran, dass ich riesige Sehnsucht nach meinem Frauchen hatte.

Sie machte sich einen Spaß daraus, mein Überwachungsvideo auf CD zu brennen und „Nigel auf Abwegen zu nennen". Diana und Opa amüsierten sich prächtig über das Filmchen.

Diana mochte der „Dicken", wie mich alle liebevoll nannten, schon immer ganz besonders. Wenn sie und ihr Lebenskamerad Tom zu Besuch kamen, freute ich mich riesig. Nach außen hin gab ich mich etwas reserviert, als wollte ich die große Freude mit Absicht nicht an mich heranlassen, weil ich wusste, die beiden würden bald wieder gehen.

Kaum waren sie weg, dann rannte ich in der Wohnung hin und her und wuselte um Frauchen herum, weil ich meiner Freude doch irgendwie Ausdruck verleihen wollte. Manchmal fegte ich so um die Ecken, dass der dicke blaue Teppich im Flur zusammenrutschte und ich unfreiwillig mit der Nase an der Badtür bremste.

Wie ich Tom meine Liebe zeigen sollte, wusste ich auch nicht so genau. Er wäre ihm ja gerne ganz nah auf den Pelz gerückt, traute mich das dann aber doch nicht. Also legte ich mich auf mein Sofa und blinzelte ihn über den Tisch hinweg an. Kaum waren Diana und Tom wieder weg, ging das große Rennen quer durch die Wohnung von vorn los.

Dann kam der Tag, an dem ich beweisen konnte, dass ich ein ganzer Kerl war. Frauchen hatte sich schon vor Wochen eine heftige Erkältung eingefangen, die einfach nicht wieder aufhören wollte. Husten, Schnupfen, Heiserkeit und viel zu niedrige Körpertemperaturen gingen einher mit heftigen Kopfschmerzen. Tag für Tag schleppte sie sich ins Büro und versuchte irgendwie durchzuhalten.

Sogar die heiß geliebten Spaziergänge mit mir mutierten zu einzigen Quälereien. Kaum waren wir wieder zu Hause, musste sie sich hinlegen. Ich schlich dann auf leisen Pfoten neben ihr Bett und legte mich auf den Teppich. Hatte es den Anschein, als würde mein Frauchen aufwachen, dann verschwand ich genau so leise wieder, wie ich gekommen war.

Herrchen ließ mich gewähren. Er merkte, wie sehr ich mit meinem Frauchen litt. Eines Samstags war dann wohl der Höhepunkt des Ganzen erreicht. Frauchen schleppte sich vom Sessel zum Sofa und wieder zurück, immer genauestens von mir beobachtet, der keinen Schritt von ihrer Seite wich. Herrchen hatte sich in seine Raucherecke auf den Balkon zurückgezogen und Frauchen beschloss, sich einen Salbeitee aufzubrühen.

Nur kam sie nicht weit, kaum war sie aufgestanden, als ihr schwarz vor Augen wurde und sie unsanft neben dem Sessel landete. Ich überlegte nicht lange, rannte zur Balkontür und begann mit der Nase und den Pfoten von innen an das Glas zu stoßen. Herrchen wurde aufmerksam.

Aber nicht so, wie ich mir das in meiner Aufregung vorgestellt hatte. Er winkte mir erfreut zu, weil ich ihn auf dem Balkon gesucht hatte. Schnell hatte ich begriffen, dass ich hier nicht weiter kam. Ich rannte zu Frauchen zurück und stupste ihr, jämmerlich fiepend, so lange die nasse kalte Nase ins Gesicht, bis sie endlich die Augen wieder aufschlug.

Für den Rest des Tages hielt ich ständig Körperkontakt mit ihr, aus Angst, ihr könnte noch einmal etwas zustoßen. Von diesem Tag an brachte ich auch täglich mein Frauchen zu Bett und sagte mit Nasenstupser „Gute Nacht". Dann blieb ich stets noch ein paar Minuten auf dem Bettvorleger sitzen und überzeugte mich, dass wirklich alles in Ordnung war, bevor ich mein übliches Abendprogramm begann.

Morgens, kurz vor dem Weckerklingeln, kam ich natürlich auch und musste mich persönlich überzeugen, ob Frauchen die Nacht gut überstanden hatte. Genauso, wie ich nachts an ihrem Bett wachte, wenn sie Hustenanfälle plagten. Erfreut hatte ich bald gemerkt, dass sie ruhiger schlief. Ich konnte also unbesorgt wieder im Wohnzimmer nächtigen.

Bald waren die ganzen Strapazen vergessen. Den üblichen Weckdienst weitete ich ab sofort auch so aus, dass ich Frauchen die feuchte Nase mitten ins Gesicht steckte. Das heißt, sie drehte sich extra für mich mit dem Gesicht zur Bettkante und schmuste nach dem Wecken mit mir.

Sprang sie nicht sofort aus dem Bett, vollführte ich regelrechte „Indianertänze" indem ich von einem Bein auf das andere hüpfte und dabei leise vor mich hin mauzte. Dann lief ich zur Schlafzimmertür, schaute mich um, kam noch einmal an das Bett und das Spiel begann von vorn, bis Frauchen endlich ein Einsehen hatte.

Eines Tages hatte ich damit einfach keinen Erfolg. Frauchen blieb liegen und zog sich die Decke über die Ohren. Entnervt gab ich auf. Erst lag ich auf dem Vorleger neben ihrem Bett, dann trottete ich an das Fußende des Doppelbettes in der Hoffnung auf Ansprache.

Niemand schien Notiz von mir zu nehmen. Noch einmal schlich ich zu Frauchen zurück und gab mir alle Mühe, sie aus dem Bett zu holen. Nichts. Schließlich hatte ich die Nase gründlich voll. Ich legte einfach Hand, oder vielmehr Schnauze, an und zog Frauchen die Decke weg.

Zwar flüchtete ich sofort, hatte aber erreicht, was ich wollte. So stand ich im Flur und wartete, fröhlich mit dem Schwanz wedelnd, auf mein Frauchen.

Ein andermal, ich hatte Frauchen bestimmt schon fünf Minuten mit der kalten, nassen Nase im Gesicht und am Hals betupft, blieb sie einfach liegen. Na, was denn nun?

Ich lauerte, vor dem Fußende ihres Bettes stehend, auf eine Reaktion. Nichts. Also stupste ich sie noch mal mit der Nase an, schnüffelte lautstark hinter ihrem Ohr, lief wieder zur Tür, in der Hoffnung, sie würde mir folgen. Wieder nichts! Da riss mir der Geduldsfaden.

Ich stellte mich neben Herrchens Bett, schaute über die Decke hinweg Frauchen mit einem Blick an, der deutlich sagte: „Wenn du bei drei nicht aus den Federn bist, dann wecke ich mein Herrchen! Und dann wirst du schon sehen, was du davon hast!"

Ihr hättet sehen sollen, wie flink sie da aus dem Nest sprang! Allerdings flüsterte sie mir zu: „Du kleiner, gemeiner Erpresser!"

Schlimme Gewissheit

Einige Wochen später begann ich zu kränkeln. Ich trank täglich mehrmals hintereinander meinen Wassernapf leer, kaum dass Herrchen und Frauchen die Wohnung betreten hatten. Dann musste ich spätestens alle zwei Stunden an meinen „Stammbaum" und dort verursachte ich kleine Überschwemmungen.

Mitunter blieben sogar Passanten stehen und fragten entsetzt, wo so ein kleiner Hund derartige Mengen Flüssigkeit herholt. Frauchen hatte ja selber manchmal das Gefühl, ich hätte einen gefüllten Fesselballon statt einer Blase im Bauch.

Nachts ging das natürlich so weiter. Frauchen fühlte sich jeden Morgen wie zerschlagen. Dazu hatte ich einen ungewöhnlich großen Appetit. Ich, der immer nur wenig gefressen und meine Schmeckerchen ewig gesammelt und bewacht hatte, stürzte mich über jeden Brocken her und schlang sofort alles in mich hinein.

Ab und zu kam es sogar vor, dass ich es nicht bis vor die Tür schaffte. Dann hatte Frauchen einen See in der Wohnung, dem sie nur durch Unmengen von Saugtüchern beikommen konnte. Ich litt darunter ganz besonders.

Ich schämte mich furchtbar, wenn solche Sachen passierten. So konnte es nicht weiter gehen. Eines Morgens trug Frauchen also eine Urinprobe zum Tierarzt. Mich hatte sie zu Hause gelassen. Arztbesuche waren für mich der blanke Horror. Schon, wenn ich das Haus von Weitem sah, wollte ich nicht mehr weiter laufen.

Dann hatte Frauchen immer Mühe, meine rund achtundzwanzig Kilo „Lebendgewicht" die Treppe hinauf zu zerren. Da halfen weder gut zureden, noch die Bestechung mit den schönsten Leckerli. Ich ignorierte alles.

Hatte sie es dann endlich geschafft, mich, den sich sträubenden Patienten, in das Wartezimmer zu befördern, ging hier der Spaß in anderer Form weiter. Ich blieb zwar ganz ruhig liegen, aber mir fielen vor Aufregung massenweise Haare aus, sodass wenn ich aufstand, der Umriss meines Körpers deutlich auf dem Boden zu sehen war.

Einmal musste der Tierarzt sogar hinten schieben, weil vorn ziehen nicht ausreichte, um mich zitternden Hund in das Behandlungszimmer zu bugsieren. Ganz schnell ließ mich Frauchen dann von der Leine, damit ich Runde um Runde durch das Zimmer drehen konnte, bis ich mich beruhigt hatte und unter dem Schreibtisch des Tierarztes verschwand. Als es einmal gar nicht anders ging, bekam ich eben hier unten meinen Piekser.

Heute war Frauchen gleich die Erste. Sie trug dem Arzt ihr Anliegen vor und reichte ihm das Glas mit der Probe. Von außen erst mal nichts Auffälliges. Sogar der Teststreifen sagte, dass alles in bester Ordnung war. Kein Zucker, Nierenwerte auch einwandfrei. Ob sich in letzter Zeit irgendwas geändert habe?

Na klar, jetzt fiel es ihr schlagartig ein! Sie hatte vor vier Wochen anderes Trockenfutter für mich mitgebracht. Es war derselbe Hersteller, dieselbe Marke – nur statt Hühnerfleisch war Rindfleisch drin. Es war also durchaus denkbar, dass ich das Futter nicht vertrug. Man würde es testen müssen.

So etwas Ähnliches hatte Frauchen auch schon in Erwägung gezogen und bereits einen Sack des vorherigen Futters besorgt. Fortan gab es also wieder „Hühnerfutter", wie sie es nannte. Der Erfolg kam schneller als erwartet. Nach zwei Tagen trank ich bereits deutlich weniger und damit musste ich auch nur noch zweimal pro Nacht an den Baum.

Ein paar Tage später war fast alles wieder wie früher. Ich trank eben immer mehr und musste ziemlich oft an den Baum, besonders eben mitten in der Nacht.

Und ich begann sogar andere Hunde wieder zum Spielen aufzufordern, was ich in den ganzen Jahren äußerst selten getan hatte. Frauchen war darauf auch gar nicht eingerichtet. Sie legte mir meist das Halsband nur locker um, da Spaß und Spiel unterwegs die große Ausnahme waren.

So kam es dann irgendwann, dass ich mit einem Hund aus der Nachbarschaft trotz Leine herumtoben wollte. Plötzlich flutschte ich aus dem Halsband. Kaum fühlte ich mich frei, rannte ich wie ein Verrückter die Straße hinunter, in der Hoffnung der andere Hund würde mir folgen. Nach einer Weile überquerte ich die Straße.

Frauchen blieb fast das Herz stehen vor lauter Schreck. Auf der anderen Straßenseite kam ich, mit wehenden Ohren, wieder herangehetzt. Plötzlich sah ich Frauchen gegenüber an der Kreuzung stehen und bremste abrupt.

Meinem erschreckten Blick war deutlich anzusehen: „Oh, jetzt gibt es Ärger!" Also galoppierte ich lieber mit fliegenden Pfoten nach Hause, wo mich Frauchen dann, verschämt und mit eingezogener Rute, vor der Haustür sitzend fand.

„Böser Hund!" Sie öffnete die Tür.

Ich schlich lautlos hinter ihr her. Kaum waren meine Pfoten gesäubert, verzog ich mich in meine Sofaecke. Dass ich heute weder das „Reinkomm"-Schmeckerchen, noch die Schmuseeinheiten bekommen würde, hatte ich Frauchens Gesicht deutlich genug angesehen. So blieb ich auch bis zur nächsten Gassirunde still in meiner Ecke liegen.

Als Herrchen heimkam, war er sofort im Bilde, kaum, dass er die Tür geöffnet hatte. Ich wagte nicht einmal, ihn zu begrüßen. Auf der Abendrunde wollte ich dann aber alles richtig machen. Ich blieb immer neben Frauchen, ignorierte sogar den großen Schäferhund, den ich eigentlich gar nicht leiden konnte und der mich über die Straße böse anknurrte.

Schnell erledigte ich meine Geschäftchen, wartete, ohne an der Leine zu zerren, bis Frauchen das Häufchen in der Tüte verstaut hatte. Sogar an der Mülltonne blieb ich während der Entsorgung ganz brav stehen, obwohl ich sonst immer vor der Haustür saß und auf Frauchen lauerte. Als ich dann, nach dem Pfotenputzen, ein Leckerli bekam und Frauchen endlich wieder mit mir sprach, war die Welt wieder in Ordnung.

Frauchen kam sogar zu mir auf das Sofa! Schnell kroch ich auf ihren Schoß und wollte sie am liebsten gar nicht mehr weglassen.

Das zeigte ich auch Herrchen deutlich. In der folgenden Zeit versuchte ich immer wieder Frauchen nachzulaufen, indem ich einfach die Wohnungstür öffnete, kaum, dass sie gegangen war.

Oder ich schaute durch die Gardine an der Balkontür so lange hinterher, bis ich das Auto nicht mehr zu sehen konnte. Also musste Frauchen, wenn sie ging, immer die Tür abschließen, auch wenn Herrchen zu Hause blieb.

Inzwischen war ich fast elf Jahre alt. Mir ging es, trotz vieler Wehwehchen, recht gut und so hatten Herrchen und Frauchen die Hoffnung, dass noch viele, schöne, gemeinsame Jahre hinzukommen würden, auch wenn sich überall in meinem Körper Krebsgeschwüre auszubreiten begannen, die nicht operiert werden konnten. Wenigstens hatte ich keine Schmerzen und

Frauchen las mir jeden Wunsch von den Augen ab.

Ohne Medikamente hätte ich mich allerdings zu Tode getrunken. Das hielt mich aber nicht davon ab, alte Gepflogenheiten, so gut es ging beizubehalten.

Frauchen erinnert sich mit Schrecken an jenen Tag, als ich zum ersten Mal meine Gewohnheiten änderte, weil Alter und Krankheit Tribut forderten. Normalerweise kam ich spätestens mit dem Weckerklingeln und steckte ihr meine feuchte Nase mitten ins Gesicht. Diesmal war nicht das kleinste Geräusch aus dem Wohnzimmer zu hören.

Sie erstarrte. „Sollte Nigel etwa…?" Sie wagte nicht, den Gedanken zu Ende zu bringen. Im Flur stehend, horchte sie noch einmal in Richtung Wohnzimmer. Nichts, gar nichts.

Irgendwie gewann die Vernunft Oberhand. Was hätte es gebracht, wenn sie im Nachthemd vor einem toten Hund gekniet hätte? Sie schlurfte mit gesenktem Kopf ins Bad, um sich anzuziehen. Was würde sie wohl als Nächstes machen? Den Tierbestatter anrufen? Oder mich vorerst auf den kühlen Boden im Bad legen, wie gewohnt in die Firma fahren und erst zu Feierabend alles klären?

Oder … oder … oder. Irgendwie herrschte totales Chaos in ihren Gedanken. Es dauerte doppelt so lange wie gewöhnlich, bis sie endlich mit Waschen und Anziehen fertig war. Sie schloss hinter sich die Badtür. Langsam ließ sie die Klinke los, drehte sich um und hörte gerade noch, wie ich mühsam von meinem Sofa kroch. Sie atmete scharf ein.

Gott sei Dank! Augenblicke später kniete sie doch noch vor mir – im Flur, auf dem Teppich und streichelte und knuddelte mich mit Tränen in den Augen. Auf der Gassirunde lief ich statt vor ihr, wie ich es sonst immer tat, neben ihr und schaute sie immer wieder an: „Na, du bist heute aber komisch drauf!"

Es irritierte mich, dass sie unterwegs, entgegen jeder Gewohnheit, immer wieder ihre Hand über meinen Kopf huschen ließ.

Ein paar Wochen später hatte sie sich daran gewöhnt, dass ich immer öfter meine Ruhe haben wollte und manchmal später als gewöhnlich zum Frühstück kam. Eigentlich lag ich immer lange vor ihr in der Küche und wartete darauf, zwei kleine Bröckchen vom Müsli zu bekommen und ein Restchen Wurst oder Schinken.

Heute wollte ich weder das eine noch das andere haben. Ich ließ es einfach auf meiner Matte liegen, kroch auf mein Sofa zurück und schlief wieder ein. Frauchen hob die drei Stückchen auf, legte sie ganz oben auf mein Futter in den Napf, dann fuhr sie in die Firma.

Als sie am späten Nachmittag heimkam, lagen die drei kleinen Gaben wieder genau so auf meinem Lieblingsplatz neben dem Tisch, wie ich sie am Morgen verlassen hatte. Ich war der Meinung gewesen, Herrchen hätte die Stückchen in den Napf getan und hatte die alte Ordnung wieder hergestellt, indem ich sie zurücktrug.

Das hatte ich schließlich schon immer getan, wenn irgendjemand meine oder Frauchens Sachen woanders hin schob, als sie liegen sollten. Ordnung muss sein. Wo käme ein Hund denn hin, wenn jeder im „Rudel" einfach täte, was er will?

Dass ich Frauchen am „Schürzenbändchen" hing, war allgemein bekannt. Frauchen wurde nach fünf Minuten Abwesenheit begrüßt, als hätte ich sie seit Tagen nicht mehr gesehen. Eine ungewohnte Bewegung ihrerseits, schon schreckte ich aus dem Tiefschlaf auf, sprang von meinem Sofa, um ihr keinen Millimeter von der Seite zu weichen.

Ich war ein „Mama-Huschel", wie Frauchen es zu bezeichnen pflegte. Für Frauchen machte ich die unmöglichsten Sachen. So hatte ich eben auch schon einige Male unerlaubterweise die Wohnung verlassen, weil ich ihr nachlaufen wollte.

Herrchen musste also auch stets darauf achten, dass die Tür verschlossen blieb, wenn sie nicht zu Hause war. Immerhin hatte ein Hund von 60 Zentimetern Rückenhöhe nicht die Spur von Mühe eine Türklinke mit der Pfote herunterzudrücken.

2009 kam Frauchen gegen Mitternacht von der Firmenweihnachtsfeier. Nicht nur, dass ich mehrere Pfützen ins Zimmer gesetzt hatte, ich war auch mental völlig aufgelöst. Mein Diabetes insipidus veranlasste mich ja, permanent zu trinken, wenn ich mich aufregte. Den Seen nach hatte ich mich ganz gewaltig aufgeregt.

Herrchen konnte ihr nicht erklären, was mit mir los gewesen war. Vielleicht hatte sie dem „Dicken" ja einfach gefehlt. Aber die extremen Auswirkungen gaben ihr mehr als nur zu denken. Am nächsten Tag traf sie den Nachbarn aus dem zweiten Stock im Treppenhaus.

„Na, wo waren wir denn gestern schwänzeln?", fragte er sarkastisch.

„Bei der Weihnachtsfeier", entgegnete Frauchen, erstaunt über diese Frage.

„Ach so – den armen Hund allein und die Tür offen gelassen."

„Hä??!" Frauchen dachte, sie höre nicht recht. „Mein Mann ist wegen Nigel doch extra zu Hause geblieben."
Der Nachbar schaute sie überrascht an. „Was??? Nigel war fast eine Viertelstunde im Haus unterwegs und die Tür stand sperrangelweit offen. Wir haben auf ihn aufgepasst, draußen vor den Balkons nach euch gerufen, wieder eine Weile gewartet, denn irgendwann musste ja mal jemand nach Hause kommen.

Schließlich habe ich in der Wohnung nachgesehen. Aber da war niemand. Also habe ich Nigel rein geschickt, die Tür zugezogen und ab und zu ins Haus gehorcht, ob er wieder wandern geht."

Da hatte sie ihre Erklärung, warum ich so völlig verstört war. Herrchen hatte die meiste Zeit in seinem Raucherkabinett gesessen, was vom Balkon aus zu erreichen ist, vergessen die Tür abzuschließen, nachdem er mit mir am Baum war und überhaupt nicht gemerkt, dass ich mich sehr selbstständig gemacht hatte.

Ausbrecherkönig Nigel – ich war eben immer für eine kräftige Überraschung gut.

Als Dankeschön für das wieder Einfangen hatte Frauchen eines ihrer Nigel-Bücher zu unserem Nachbarn gebracht.

Aber ich konnte nicht nur ausreißen, ich konnte auch aussperren – nämlich das Herrchen auf den Balkon. Woher sollte ich armer Hund auch wissen, dass sich beim Herunterdrücken der Klinke die Tür nicht öffnete, sondern verriegelte?

Nur gut, dass Herrchen den Wohnungsschlüssel mit draußen hatte, weil er schon lange mit so etwas rechnete. Zwar musste er klettern und dann mit Hausschuhen durch den tiefen Schnee waten, aber wenigstens kam er wieder in die Wohnung.

Logischerweise herrschte zwischen uns beiden tiefste Eiszeit, als Frauchen zum Feierabend nach Hause kam. Wir hockten zusammen in der Küche und schwiegen uns an.

Alte Hunde werden eben nicht nur wunderlich, sondern auch extrem schmusebedürftig. Wenn das Objekt der Begierde nicht da ist, dann unternimmt man (Hund) eben alles, um hinterherzulaufen und sei es über den Balkon.

Wunderlich waren aber manchmal auch die Menschen. Zum Beispiel bei der Fußball-WM. Wenn Herrchen beim Spiel vor dem Fernseher in seinem Sessel herumhüpfte wie Rumpelstilzchen um das Feuer, mussten Frauchen und ich uns immer das Lachen verkneifen.

Ich fragte mich wirklich, warum unser Herrchen, bei so viel Kompetenz, vom Bundestrainer als Spieler einfach ignoriert worden war. Der hätte sogar ganz allein auf dem Platz gegen 100 Gegner 0:0 gespielt. Wuff!! Mindestens!!! Jaaaaauuuuul!!!!

Vielleicht erfindet ja jemand das interaktive Livefußballspiel. Dann würde ich meinen Herrchen den Joystick in die Hand geben und dann lernen die Gegner das Gruseln. Jawoll! Wuff.

Am letzten Wochenende im Oktober 2010 bekam ich plötzlich Durchfall und keiner wusste, warum. Na gut, kann bei Krebs ja passieren. Gegen Mittag wollte Frauchen ihre riesige Apfelschnecke füttern, die gleich hinter der Balkontür in ihrem Miniaquarium stand und da war die Hälfte des Wassers aus dem Behälter verdunstet, obwohl sie die Heizung nicht höher gedreht hatte.

Sonntag trank ich meinen Napf aus, begann zu betteln und Frauchen, weil sie gerade im Bad war, rief: „Ich bring dir sofort Wasser."

Da sah sie, wie eine weiße Schwanzspitze an der Tür vorbei im Kinderzimmer verschwand und im selben Moment hörte sie: „Schlürf, schlürf, schlürf ..."

Das hatte ich sonst nie gemacht – aber Frauchen war selber schuld. Die Schnecke bekam seit ein paar Tagen Hundefutter, weil sie sonst nicht satt wurde und was nach Hund roch, gehörte normalerweise auch mir. Also habe ich kurzerhand das lecker duftende Wasser getrunken, natürlich nicht vertragen und Durchfall bekommen.

Von da an stand das Schneckenaquarium auf dem Fensterbrett.

Und die Moral von der Geschicht'? Verschenke Hundis Futter nicht!

Früher war ich immer notorischer „Wenigtrinker" gewesen. An manchen Tagen leckte ich sogar nur ein paar Tropfen Wasser aus meinem Napf. Oft streichelte Frauchen mein Köpfchen. „Ach Dicker, du musst trinken, du wirst noch völlig austrocknen."

Eines Tages wurde ich dann eben richtig krank. Ich trank immer mehr und nach wenigen Tagen musste Frauchen innerhalb kürzester Zeit meinen Napf nachfüllen und ich trank wieder alles leer. Schließlich begann ich zu betteln, weil ich noch mehr haben wollte.

Gleichzeitig wollte ich das viele Wasser umgehend wieder los werden. Frauchen brachte mich wieder zum Tierarzt, als ich schließlich pro Tag mehr als fünf, mitunter sogar über zehn Liter trank. Frauchen packte die Panik.

Vor allem, weil sie keine Nacht mehr durchschlafen konnte. Ständig weckte ich sie, weil die Blase drückte. Etwa alle zwanzig Minuten kam ich winselnd an ihr Bett. Sie war körperlich und nervlich völlig am Ende. Also drängte sie auf eine große Diagnose, die dann das ganze Ausmaß der Katastrophe zutage brachte.

Der niederschmetternde Befund lautete: Diabetes insipidus. Von nun bekam ich jeden Abend zwei Tropfen Minirin in die Augen. Damit trank ich etwas weniger, schlief dann ungefähr zwei Stunden am Stück. Frauchen hatte sich irgendwann daran gewöhnt, zwei Mal oder öfter pro Nacht aufstehen zu müssen.

Denn im günstigsten Fall trank ich trotzdem noch immer mindestens vier Liter. Und regte ich mich über irgendetwas auf, dann war es eben noch erheblich mehr.

Inzwischen lebten wir vier volle Jahre mit der Krankheit. Das heißt: ich mit der Krankheit, Frauchen mit den Folgen. Eine noch höhere Medikamentendosis als früh und abends je zwei Tropfen konnte sie mir nicht geben, weil ich dann völlig benommen und teilnahmslos in der Ecke lag.

Solange ich keine Schmerzen, guten Appetit und Freude am Leben hatte, nahm Frauchen gern allen Stress auf sich. Zugleich ging die Behandlung richtig ins Geld. 2,5 Milliliter Minirin kosteten durchschnittlich 50 Euro, reichten aber gerade mal einen Monat.

Dann kamen noch die Tierarzt- und Rezeptkosten dazu, täglich eine volle Waschmaschinenladung Handtücher, mit denen sie tagsüber meine Überschwemmungen halbwegs sicher von den Möbeln abhielt, was wiederum Wasser, Waschmittel und Strom kostete, Frauchen wusste oft nicht, wie es weitergehen sollte, nur, dass sie für mich sogar ihr letztes Hemd weggegeben hätte.

Durch das jahrelange Vieltrinken hatte ich eine Blasenerweiterung, und wenn ich am Baum stand, lief das Rinnsal mehrere Meter weit die Straße hinunter. Um den Mineralienhaushalt auszugleichen, weil massenhaft Nährstoffe einfach aus dem Körper gespült wurden, achtete Frauchen sehr darauf, dass ich entsprechendes frisches Gemüse zugefüttert bekam, um Mangelerscheinungen auszugleichen. Kalzium bekam ich jeden Morgen in Form eines kleinen Schälchens Milch.

Natürlich war mein Urin meist wasserklar und völlig geruchlos. Kein Wunder bei dem glatten „Durchmarsch". Trotz meiner Krankheiten, immerhin hatte ich seit geraumer Zeit auch noch Krebs, glänzte mein Fell und auf Fremde wirkte ich kein bisschen krank. Erst wenn sie die großen Tumore sahen, konnten sie ahnen, was mit mir los war.

Schmerzen hatte ich definitiv nicht. Frauchen ging mit mir regelmäßig alle sechs Wochen zum Arzt, schon, weil wir dann ein neues Rezept für die nächsten 1 1/2 Monate brauchten.

Abschied

Jedes Mal, wenn wir ankamen, rief der Arzt völlig erstaunt. „Was? Der lebt immer noch??"

Natürlich lebte ich – bei der hingebungsvollen Pflege, die mir Frauchen angedeihen ließ! Ich fühlte mich zwar oft schlapp, aber das war bei meinen Diagnosen durchaus normal. Wir gingen also nur noch ganz kurze Runden.

Ende 2010 wuchsen die Tumore beinahe täglich. Am schlimmsten die drei am rechten Kniegelenk, welche schließlich die Größe einer ziemlichen großen Apfelsine erreichten, ohne dass es mich erst einmal über Gebühr behindert hätte. Ich lag sogar gern auf dieser Seite, obwohl am Becken ein fast genau so großes Gewächs prangte. Nur das Aufstehen fiel mir an manchen Tagen recht schwer.

Frauchen hatte mir versprochen, wenn sich mein Zustand so verschlimmern sollte, dass ich Schmerzen bekäme, nicht mehr aufstehen könnte oder das Fressen verweigern würde, dann wäre sie die Letzte, die mich leiden ließe.

Dabei hoffte sie inständig, dass ihr das erspart bleiben würde und ich irgendwann eines Morgens leblos liegen würde, weil ich friedlich in der Nacht für immer eingeschlafen wäre.

Erst einmal stellte ich aber einen neuen Rekord auf: Ich hatte fast siebzehn Liter in vierundzwanzig Stunden getrunken und das, trotz Medikamenten. Als ich nach rund acht Litern die Näpfe nicht mehr nachgefüllt bekam, habe ich völlig verängstigt zu betteln begonnen und dann fast drei Liter innerhalb weniger Sekunden auf einmal konsumiert.

Dieses Phänomen hielt bis in die frühen Morgenstunden an und hat Frauchen wieder einmal eine völlig schlaflose Nacht eingebracht. Niemand konnte ihr wirklich erklären, wie meine Nieren und mein Herz diesen täglichen Marathon ausgehalten haben.

Dass die Rekorde kein Ende nehmen wollten, stellte Frauchen Anfang 2011 fest. In einer Nacht hätte ich mich glatt ins Guiness-Buch der Rekorde gepullert. Neun Mal Baum in einer Nacht mit sieben Litern trinken in sechs Stunden.

Da flog die Menschheit zum Mond, verpulverte Milliarden in sinnlosen Kriegen und war einfach nicht in der Lage, ein wirksames Medikament zu entwickeln, welches Diabetes insipidus dauerhaft in den Griff bekommt.

Jeder wunderte sich, wie selbstverständlich ich schon seit so vielen Jahren mit all meinen Handicaps leben konnte.

Ich war eben ein Phänomen, hat der Tierarzt gesagt. Immerhin werden andere Hunde selbst bei bester Gesundheit nicht so alt.

Je schlechter mein Allgemeinzustand wurde, umso intensiver ging Frauchen auf meine Wünsche ein. Ich durfte mir sogar jeden Abend aussuchen, was ich gern fressen wollte. Genau genommen suchte ich mir aus, was Frauchen essen sollte, um dann ihren Teller ablecken zu dürfen.

Stand mir der Sinn nach Milchreis oder Grießbrei, lauerte ich so lange unter dem Hängeschrank, bis sie die ersehnte Tüte aus dem Fach nahm und leckeren Brei kochte.

Saß ich hingegen vor dem Gefrierschrank, schob Frauchen eine Pizza in die Backröhre. Ich bekam nämlich immer ein paar winzige Stückchen der Ränder ab. Manchmal gab es an mehreren aufeinanderfolgenden Tagen das Gleiche für Frauchen zum Abendbrot, weil ich das mit meinem Heißhunger auf gerade dieses Essen so bestimmt hatte.

Ach ja, und wenn ich vor dem Kühlschrank von einem Bein auf das andere trat, hoffte ich, Käse oder eine Scheibe Salami zu bekommen. Frauchen und Herrchen haben es mir auch immer gleich gegeben, weil sie mir meine wahrscheinlich letzten Monate möglichst angenehm gestalten wollten.

Seit mehreren Wochen sagte Frauchen, ich sei dement und das würde von Woche zu Woche schlimmer werden.

Äh, was wollte ich euch gerade erzählen? Na ja, scheint was dran zu sein. Ich kam von Hunderundenschnüffeltour ins Treppenhaus und lief glatt an unserer Wohnungstür vorbei. Dann stand ich da und wusste nicht weiter ...

Soll beinahe täglich vorgekommen sein, hat Frauchen gesagt.

Kann mich wirklich nicht erinnern, wann ich das getan haben soll.

Völlig egal, Frauchen hatte mit mir schon so viel Stress, dass eine Krankheit mehr oder weniger wirklich nicht mehr auffiel. Und mir, in diesem Zustand, am allerwenigsten.

Das Leben war schön und nur das zählte.

An mir ging völlig vorbei, dass mir Frauchen immer öfter beim Aufstehen helfen musste und sie seit Weihnachten beinahe jeden Abend bittere Tränen wegen meines erbarmungswürdigen Zustandes geweint hatte.

Anfang Februar hatte ich dann schon schlimme Probleme, meine Hinterbeine zu koordinieren, kippte manchmal einfach um und kam nicht wieder auf die Pfoten. Langsam fühlte auch ich, dass unsere letzten gemeinsamen Stunden immer näher kamen.

Am 19. und 20. Februar stürzte ich jeweils so schwer ein paar Stufen rückwärts hinunter, dass Frauchen dachte, ich würde nie mehr auf die Beine kommen. Irgendwie habe ich es trotzdem geschafft. Am 21. Februar riss ich mir dann auch mein Vorderbein so schlimm auf, dass ich eine lange Blutspur hinter mir herzog, ohne es zu merken.

Frauchen konnte und wollte nicht mehr länger zusehen.

Am 23.02.2011 hat Frauchen ihr Versprechen an mich erfüllt. Ich bin beim Tierarzt friedlich eingeschlafen und dankbar dafür, dass nun die Qualen der letzten Tage beendet sind.

Und noch ein Versprechen hat sie gehalten: Mich nicht wie ein Stück Abfall in eine Tonne werfen zu lassen – sie hat mich zum Tierbestatter gebracht, verbrennen und meine Asche auf der Blümchenwiese des Krematoriums verstreuen lassen.

Und wenn ihr abends eine kleine Sternschnuppe am Himmel seht – das bin ich, Nigel, der English Foxhound, dann schaue ich gerade wieder nach, ob es meinem Frauchen auch wirklich gut geht.

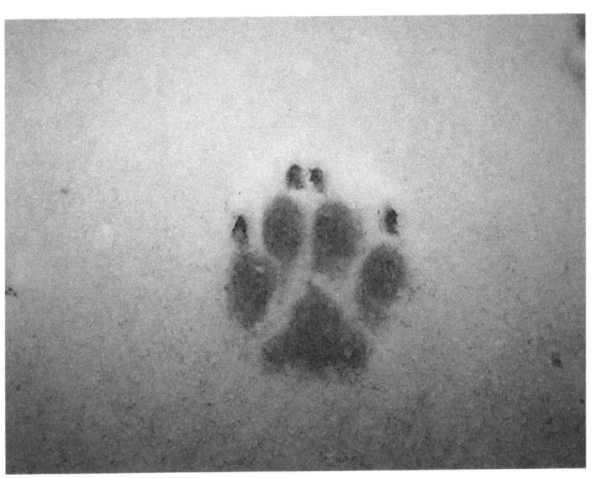

Die ideale Schlafposition ODER Yoga für Hunde